中公文庫

新編
閑な老人

尾崎一雄
荻原魚雷編

中央公論新社

目次

新編　閑な老人

I

五年

一

妻の父が遊びに来る筈だったが、駅まで出迎えに行った妻が大分時経て一人戻り、もう少しと待っていると、速達が来た。義妹の代筆で、丹毒の疑いがあり来られぬよしであった。

「どうする」

直ぐ見舞うかと云う顔を妻に向けた。

「あなたも行って下さる？」

そう云う妻は、もううろたえた様子だ。父が来たら、三人、郊外の彼の住居に程近い遊園地へ行く筈だった支度をそのまま、彼等は出かけた。

東京駅で降り、妻の実家への三四町を、いつも足の速い彼が、いつもより急いだ。妻はほとんど走るようについて来たが、家が見えると彼を駈け抜け、乱暴に格子戸を開けた。

　父親は寝ていたが、起きようとするのだった。

　彼は顔をしかめて、

「お起きになってはいけないのでしょう」

「なに」と起き上った。

「お父さん、駄目よう。――お母さん寝かして上げて」

「強情だからね……」

　母親が一寸笑い、他《ほか》の人でないから横になってと云うのだが、「なに」と父親は元気に床屋へ行った話を始めた。どうも気が進まなかったが、妙なもので、こんなことになった、あのときちょいと耳の辺へ剃刀が触った、そいつが悪かった、どうもいけなかった、と、僅かに空いた繃帯《ほうたい》のすき間から声を出した。少しずつのぞいている眼も鼻も口も、むくんで少し色が変っていた。

　ひととおり聞いて、父親には寝て貰った。

　入院の話が出た。手当が早かったから、医者は手軽なものだと云い、入院には及ばぬよしだった。

「……けれども念には念をと云いますから、いつでもその心組はして居ります」と母親の言葉だった。彼は、この家から先頃借りている金の額を頭の中でコヅキ廻し、じりじりとおかしな顔付になっていくのだった。

その帰り、省線A駅で乗り込む一人の老女を見たとき、彼は、初めて逢う人でないと思った。しかし思い出せなかった。思い出そうとする気もなく、彼は窓にうつる冬枯れの色にぼんやり目を放っていた。

——不意に、彼のぼやけた視野の中で人が立ち上った。先程の老女だ。その人は、車の動揺を一寸こらえると、游ぐ恰好で彼の前の釣革に辿りついた。

彼は、おやと思った。が、老女は彼には目もくれず、並んで掛けている妻に笑顔を向けて立った。初めて気付いた妻の大げさな声に応《こた》えて「暫《しば》くでございました」と頭を下げた。——そのとき、彼は、半月程前やはり電車で見たこの人の姿を、はっきりと思い出すことができた。

二人の話はいやでも耳に入る。これがあの「ばあや」だったのか——不器用な恰好でステッキの頭にのせていた顎を離すと、彼は改めて老女の顔を見上げた。それをしおに、妻は二人を引合わせた。

二

彼は此頃、困っている。二三年前からそのことは見えていたのだが、弾き飛ばす力が彼になく、母、妻、弟、妹等と共に今は貧乏に追いつめられた形だ。父の死、関東地方を襲うた地異、銀行の破綻、或縁辺の不信行為、——引きつづく災禍に加えて彼自身は病弱なのだ。彼は愚痴を云うまいと思い、云わず、強情に意地を通して来たのだが、このごろ、その強情も少し怪しげなものになってきた。

——或夜、一番親しい友人の家に行き、酒を呑んだ。その友人も酔うたが、彼はもっと酔うて、しまいにいやなことをした。困ることの愚痴を云い、泪《なみだ》をこぼして了《しま》ったのだ。

また或日、不信な縁辺の一人、六十になる男を、その老妻と一人娘のいる座で面罵した。そのとき彼はただ破壊の痛い快びのみに駆られ、怒ってしまえば事が絶望に陥るのを知りながら顧みず、吐き散らす言葉は極めて乱暴であった。蒼い顔で黙って泣いている老若二人の女を、もっと泣けと云うふうに睨みもした。

或旧《ふる》い家が、時代の浪で打摧《うちくだ》かれてゆく、その過程から何か一筋通るものをみつけ出し、それを彼は一つの長い小説にしようとしている。二年も前に書き初め、まだ筆は一向進まずにいるのだが、それは彼自身の家のことで、事実今彼の家は崩れる外ない状態にある。自分の家を今迄の形で立て直す考えがなく、旧い苔の重圧をはね除け健康な人間が飛び出せばそれでいいのだと彼は思う。だから、彼のやりかたは、家のものからは或場合分別を弁《わきま》えぬただの強がりと見られた——彼のその強情が、このごろ怪しげなものになってきたのだ。

半月ほど前、少し纏《まと》まった金を借りる話で或人を訪ねたことがあった。途中、あの老女を見た。

省線電車に乗っていたのだが、A駅で四五人降り、入れ代りに誰か乗り込んだとき、今まで居眠っていた職工風の男が慌てて降りて行った。酷く乱暴に降りて行った。乗ったばかりの人は突当られて危く車外へ倒れかかり、こらえたが下駄の片方を軌道に落し込んでしまった。見ていて彼はムカムカした。男は何も云わず、見返りもせず、もう改札口を出て行く。直ぐ車掌が来たが、一寸軌道を覗くと、そのままさえぎるように発車の合図をした。

六十に近い女の人で、片足は足袋のまま、彼に並んで掛けた。それは少しも乱れぬ様子で、彼は敬服した。

「御災難でございましたね。この次の駅で一旦お降りになって、取りにお戻りになるよりいたしかたございませんね」こう云っている人がある。それは彼と二人で老女を挟んでいる若い細君と見える人だった。彼も腹でそう思った。

「有難うございます。そう致そうと存じて居ります」

老女は一寸頭を下げ、そう答えた。彼は、自分の衰え果てた気力に、一片の氷を投げ込まれたように思った。これは老勇士だ——少し妙だが、そんな感じを受けた。

次の駅で老女はホームに降りた。

車掌が向うから声をかけると、

「おばあさん、ここで降りるんですかア」

「下駄をとりに参ります」と云い、片輪の足音を立てて向うへ行くのだった。

老女は、「ばあや」だったのだ。

妻の実家に四年程働き、出てからもう三四年になる。或時、その人の話を彼は妻からきいた。

——姑にいじめられ、若い二人で家出をし、東京に住みついた。二人で働いてその間に亭主は腕のいい建具屋になった。小僧二三人置く店を持って順調だったが、やがて亭主の妾狂《めかけぐる》いが始まった。そこで、二人の小さい子供を置き、妾をコウモリ傘で一つ殴って家を出た。何年かののち、新宿の通りで、その妾に逢う。妾は、寒い夜、一枚の毛布を道端に敷き、玩具の亀を売るために並べていたが、「あッおちよじゃないか」と頓狂に云うばあやに、とうとう顔を上げ得なかった。それはとにかく、ばあやは、ずっと一人でいる……概略はつまらないが、話下手の妻がつかえつかえ話すその生活の細部には、彼の心を打つものがあった。

三

――父が丹毒にかかり、それを見舞うて今帰りだが、病状は大したことでないと妻が話した。老女は、大分御無沙汰だから、近くお見舞いながら話しにゆくと云った。間もなく彼ら二人の降りる駅に来、別れた。

彼はステッキを打ち振り、ことさら悠々と歩いている自分に気付いて、少しおかしかった。頭には老女のことがあった。その人を見て、新たな感じを受けたのだった。

「あの人が昔、妾を洋傘でなぐったんだね」

今更らしく妻に云いかけた。妻は笑っていた。彼は半月前のことを、はじめて妻に話した。

「そんなことあったんですの？　でもその男、ずいぶんね。あぶないじゃありませんか、年寄りを」

妻はただその職工風の男のことを云った。

「えらいと思ったな、あのおばあさん。……ああ落着いていられると、ハタで気を揉む方がきまり悪くなる」

「そんなにされて、あたしなら怒りつけてやるわ」

「そりゃ俺だって怒るがね――」それだけ云って彼は黙った。

うかとは怒れもしない俺だ、そう思う。怒るも泣くも、笑うのも、今の俺にはぜいたくだ。為事《しごと》、小説、……そんなものは当分の間、身体のどこか――かかとのようなところへ押しこめておかなければならぬ。そして、そのかかとを踏みつけ踏みつけ、無表情で人中を歩き廻らなければならない。

「大いに強情を張るんだ」と彼は笑いながら云った。

妻が応えて何か云ったようだが、彼は細頸《ほそくび》をわざとらしく上げ、むこうを向いて歩いた。

＊　＊　＊

為事、小説――そんなものは、かかとへでも押し込んで、当分窮命させて置く、そう心に決め、そんな気持を右断章にして、今五年経つ。ぶざまなその五年の間に、私は行きつくところへ行きついて了った。郷里の者たちとは絶縁も同様となり、こいつだけはと思った妻とも別れた。地所も売り、家も捨て、ただ一つ残された傷だらけの男、夢にも青春にも見離されたみすぼらしい自分を見出したとき、私はとうとう笑い出してしまったのだ。

「実に滑稽だな」

私はそう云ってみた。たしかに滑稽と思われた。私は、滑稽なのだと決めてしまった。あんなにいきり立って、一体今まで、俺は何をやっていたのだ……。

「さて」

今更らしくあたりを見廻す気持だった。手を振り、足を揚げる。生きている。

「俺は生きている」

じたばたと過ごした年月が、影絵のように去来した。今はさほどの感慨もなかった。

「さて、なにをする？」「忘れていた小説でも書くか」「それもよかろう」自問自答だ。

一つ二つ書いた。夢もなく、野望もなく——書けばいくらでも書けそうで、私はつまらぬ気がしだした。書いて他人に見て貰うほどのこともない、よせよせ。そんな気持だ。

ただ、生きていること、生きていることの毎日は、何となく滑稽で面白い。つまらぬことも、撫で廻していると面白い。平凡な草でも木でも、よく見ていると面白い。水の流れ、雲の流れ、子供の顔、とりどりに面白い。だが、そんなこと面白がって書いたとて、他人に見せたとて、どうもなるまい——そんな気持だ。

祖父

一

私は祖父が嫌いだった。祖父は、私が中学に入った年、算《かぞ》え年八十六で死んだのだが、その生前はもとより、死後も、私は祖父に親愛感を持つことが出来なかった。ところがこの頃、その嫌いな祖父のある部分に、自分が似てきつつあるのではないか、と思われるふしがあって、不愉快に陥ることがある。

祖父は、明治維新の頃すでに四十歳の壮年だったわけだが、その時分の話を、私はあまりきいていない。祖父と祖母とは、性格が違ったせいか、仲の良い方ではなかったらしい。明治五年生れの父は、もの心ついてから、そういう二人の中に立って困ったらしい。しかし、おとなしい、昔風の、いわゆる親孝行者だった父は、母に祖父母のことを、立入っては話さなかった様子だ。したがって、私にもあまりつたわっていない。

維新のちょっと前、次郎という下男が、蚊帳の釣手に提燈《ちょうちん》を下げたまま眠ってしまい、それがもとで祖父が全焼の厄に逢ったこと。維新後、土地の有志と共に精米事業を創《はじ》め、それが素人商売だったため忽《たちま》ち六百円とかの損をして立消えになったこと。そのため、祖父を初め関係者（殆んどが扶持を離れた武士階級だった）が「スリ米舎《べいしゃ》」と世間の物笑いになったということ。――私が聞いた大きな事件と云えば、そんなところである。

「スリ米舎」の話は、これに似たことが維新直後の扶持を離れた連中の間にまま見られたようで、世の推移に対する彼らのあがきの現われだったに違いない。急に自力で食わねばならなくなった彼らの焦燥が、いろんな慣れぬ事業に手を出さした。少数の者が成功し、大多数が失敗した。

ところで私は、そういう一般的な問題よりも、祖父の性格を現わす小さなエピソードの方に興味を持った。

井戸が不便なところにあるので、祖母が台所の近くに掘ってくれ、と頼んだ。祖父の性格として、そんな余計な失費を承知する筈なく、「井戸をこっちへ持って来たらよかろう」と云ったそうだ。そこで祖母が腹を立て、自分の帯を一本売って、新しく井戸を掘った。現に私方で使っているのがそれだが、台地のくせに清冽な水が豊富である。母は嫁に来てからこの井戸のいわれを祖母からきいたそうで、「お祖母さんの長い井戸さ」

と云っていた。

祖父は、倹約と云ってもいいのか知れないが、しかし私に云わせれば、ケチだった。もっとも、ああいう田舎にいて、明治二十年代に、息子を東京大学まで進ませたのだから、単にケチと云って了っては悪いか知れぬが、やはりケチな部分はあったと思う。多分にあったと思う。

二

祖父は背丈が五尺八寸位、体重は、盛りには二十貫位あったらしい。小作人が持って来た米俵を、両わきに一俵ずつ抱えたそうだ。

私が知っている祖父は八十近くになっていたから、そんなことはしなかったが、身体つきは如何にも頑丈だった。そして声が非常に大きかった。

祖父は、村の有志を集めて、発句をやり、素竹と号して、田舎宗匠だった。また、謡いを何人かに教えていた。その謡いの声は朗々としていた。（うまかったのかどうかは判らぬ。その時分の私は、謡曲という歌は変なものだと思っていた。）

発句や謡いは、私共子供に実害を及ぼさぬから別に何でもなかったが、祖父が、先祖代々私の家で奉仕をつづけた宗我《そが》神社の拝殿に頑張り、子供たちの遊びを監視するのには閉口した。

拝殿の広い板ノ間に、太藺《ふとい》（畳を織るのは細い方の藺であろう）でつくった長いゴザを敷き、さらに座布団を敷いて、正座している。アグラというものはしない。これは父も同様だった。彼らがアグラをしたのを私は見たことがない。そのため私までそういう癖がついて、東京で学生生活を始めたとき、アグラが出来なくて困った覚えがある。

――拝殿で祖父は南向きに正座し、膝に本を置いて見ていることもあるし、あたりを眺めていることもある。発句なぞも案じているらしい。時々煙管をとり上げ、また茶をすする。

子供は、社の庭で騒ぎ廻っているが、庭で騒ぐ分には、祖父は何にも云わぬ。黙って見ている。が、御手洗の水をいたずらしたり、神楽殿へ上ったりすると、「こらッ」と怒鳴る。一喝で子供たちは静かになる。

私は、自分がお宮の境内でハメを外して遊べぬことに不満だったが、それより厭《いや》だったのは、子供仲間から、祖父の頑迷さを云い立てられることだった。これが一番つらかった。彼らの不服は、まことにもっともなのだ。しかし、私から祖父に何が云えるだろう。「はい」という言葉しか云えぬように、私は躾《しつ》けられていたのだ。

社の拝殿から私の家までは、直径にすれば一町位だから、祖父の怒鳴る声は、うちにいてもよくきこえる。そのたびに、私は身のすくむ思いをする。叱られた仲間が、私の方へしりを持ってくるのが見えているからだ。

午後の中食の時間になると、老婢か母か私かが、食物の入った岡持を拝殿まで運ぶ。一度、鳥居の辺で、石に蹴つまずき、岡持を放り出したときは、目の玉の飛び出るほど叱られた。全く恐ろしい叱りようだった。

父は、他人はもとより家の者でも、過失での失敗には、決して小言を云わなかったものだ。老婢が、ある年の暮、四斗樽に半分ほどの糯米を井戸端でひっくり返したとき、「過ちなら仕方がない、よろしいよろしい」と柔しく云った。それで老婢が涙をこぼしたことがある。

父のこういうやり方は、祖父が、失敗すれば何が何でも叱るのを見ていて、あれでは、と自得したものだろう。私も、父のやり方が賢明だと子供心にも痛感した。それで、現在に至るまで、そういう点は父の真似をしている。

三

私はよく祖父に叱られた。電燈が未だ無い頃で、ランプの掃除は私の役目だったが、芯の切り方が少しでも曲っていたり、ホヤがくもっていたりすると、頭から小言を云われた。叱られた記憶ばかりで、ほめられたことがあったのか無かったのか、その方は憶えていない。ランプに関しての小言はしばしばくらっているが、要するに、そんな掃除の仕方では不経済だ、というのが小言の眼目なのだ。

（ケチなことばかり）と肚《はら》では思いながら、勿論恐れ入っている外はない。ランプは、芯の切り工合やホヤのみがき工合で光度に差が出来るのだから。

祖父は、うまくいっていればそれがあたり前という顔で居り、まずくいけば怒る。

二間に三間の物置を建てたとき、私が塗りたての壁に楽書をしたことがあった。たちの悪い絵も文句も書いたわけではないが、楽書には違いなかった。これが祖父を大変怒らした。私がそれで楽書を彫りつけた太い金火鉢を取り上げて、それを振り廻し、今にも私の頭を殴りそうにした。その日の夕方になって、祖母と母とが私のために平身低頭してくれて、漸《ようや》く許された。私は恨み骨髄に徹した。

大体祖父の顔は、普通にしていれば、いわゆる福徳円満型である。丸顔で肉づきよく、細い眼が三日月型をしていて、笑うとその眼尻が更に下り、子供好きのする顔になる。それが、怒ると冷酷無残ともいうべき表情に変る。殊にその細い眼は、冷めたく光って、私を射すくめる。

村の人たちに対しても傲慢だった。誰彼に対してガミガミ云っている場面を、私はしばしば見た。家庭内では云うまでもない。

大人に対しても子供に向っても、同じ調子で小言を云う人は尠《すく》ない。祖父はそういう尠ない人の一人だったようだ。私に対しても、子供だからという手加減なぞ一切しなかったのは、今考えると可笑しなものだと思う。

あるとき、祖父につれられて、よその家の宴席に列したことがある。二十人ぐらいの一座で、酒が出た。どういう性質の宴だったかは覚えていないが、私は、祖父と並んで床ノ間をうしろに坐っていた。

祖父は、酒を一滴も飲まない。私は小学生だから、もとより酒杯はとらぬ。二人は、客たちが飲んでいるのをよそに、食事を始めた。主人側の人が、老人と子供のために気を利かしてくれたわけだ。

いろんな料理があった。私はその中で一番好きなキントンを大事にして食べ惜しみをやり、一番あとに廻した。

大食の祖父は十分食べ、もう食事を終ろうとしていたが、不意に私の膳の方に箸を延ばすと、

「お前はこれが嫌いか」と云い乍《なが》ら、私が大事にとっておいたキントンを、一挙にさらって、自分の口へ入れてしまった。

まったく、あッという間もなかった。私は茫然とした。が、反抗も抗弁も一切無用と知っている私は、うつむいて力なく箸を置くばかりだった。

私はそのことを、うちへ帰ってからも、誰にも話さなかった。これもまた悲憤慷慨、大きな癪の種だったが、それだけに、尚更人に云いたくなかった。その頃はすでに祖母は死んでいたが、万一祖母が生きていて、祖父のそんなやり口を知ったら、一と騒動だったろう。

私が小学校入学直前に七十八だったかで死んだ祖母は、そういう点では祖父と逆な性質だった。無闇と人にものをやりたがり、人から何かを頼まれるのが好きで、一文にもならぬことにくそ骨を折った。

私はしかし、成人してから、祖母のは性格もあったろうが、一つには、祖父のもの惜しみやケチを、対世間的にそれとなくカヴァーする気があったのではなかろうかと想像した。この想像は多分当っているだろうと思う。実際のところ、うちに下男や下女が居ついたのは、彼らに対する祖母の心づかいがあったためと云えるだろう。祖母が死んでからは、母が祖母のやり方を踏襲していた。

四

祖母が死んだとき、祖父は、「ばあさんが死んでしまった」と独りごとを云って、ぽろぽろ泪をこぼした。泪をこぼしながら、自分の居間にしている離れの中二階へ行ってしまった。

祖父が泣いたところを見たのは私だけで、大いに溜飲を下げた。祖母の死んだことが悲しくないわけではなかったが、それよりも、あの傲慢な祖父が泣いたという事実を目の当りにした驚きの方が大きかった。驚きながら、痛快がった。当時の私は、鬼の目に涙、などという言葉は知らなかったが、若し知っていたら、肚の中でそう怒鳴ったに違いない。

とにかく祖母の生前、祖父と祖母とが笑って口をきき合ったのを見たことのない私には、祖父が泣いたということはやはり不思議な出来事だった。今は当り前と思うが、当時はどうしても判らなかった。

そう云えば、祖父と祖母の無愛想な間柄を、祖母の居ないとき老婢が、祖父に向ってこんなふうに冷かしたことがある。

「あんなに喧嘩ばかりして居さしって、よくお子さんが二人も三人もおできになったもんです」

　すると祖父が、苦り切った顔で、

「たわけ。それとこれとは別だわ」と云った。

老婢は、そういう場合にこりともせず「たわけ！」などと云っている祖父が余程可笑しかったらしく、祖父母が居なくなってからも、よく笑い話としてそれを繰返した。そして、母と二人、声を揃えて笑った。子供の私には、少しうるさかった。

祖父は、よそから菓子や食物を貰うと、一応自分の手もとへ持ってこさせ、それから母の方へ廻した。好きなものは勿論のこと、大体に於《おい》て母へ廻すのを渋った。そのため、菓子や食物を駄目にして了うことがちょいちょいあった。

「ものを無駄にするなとあれほどおっしゃりながら、御自分ではこれですからね。もったいない」

　老婢は少しカビの生えた菓子を前に、母に向って心外に堪えぬふうだ。

「お祖父さんに知れないように捨てておくれ。食べた顔をしていないといけないよ。――お前もだ」と、母は私にまで念を押した。全く莫迦々々しい話だった。

　祖父が中風で寝ついたのは、祖母が死んだ翌年だった。左半身不随、それに口が廻らなくなり、離れの居間に籠り切りになった。やがて、寝たままという病状になった。

神社の境内では、子供が天下晴れて暴れ出した。そうなってから思い当ったことだが、祖父が拝殿に頑張っていたのは、賽銭泥棒の警備の意味もあったらしい。子供たちは、いろんな方法を用いて賽銭を盗んだ。祖父はしかし、そんなことは忘れてしまったらしい。頭にあるのは、ものを食いたいという慾だけだった。そして、その慾が、止め度もなく増大していった。

便秘がひどくなって苦しんでいた。医者の指導で、母が一日置き位に灌腸をした。灌腸液は、石鹼を溶かし込んだ微温湯だった。ブリキか何かの筒の底からゴム管が走り、その先に、エボナイト製の細い筒先がついている。それを直腸に差込み、微温湯入りの筒を柱の釘にかけると、水圧で灌腸液が直腸内に入る。その量は可なり多かった。

大小の用も勿論母にやって貰った。何から何まで、母と、介添えの老婢の世話になった。

「すまないのう」

祖父はときに廻らぬ口で母に云い、子供のように声を挙げて泣いた。

「お祖父さん、なにをおっしゃいます、当り前ですよ」

母は尚更甲斐々々しく世話をした。母は真面目なお人好しだった。

云い忘れたが、私の父は地方のある専門学校の教師で、ふだんは一人任地にいた。春、夏、冬の休み中だけ家に居た。だから、母は、祖父が病に倒れてからは、一家の主人と主婦の役とを兼ねつとめたわけだ。

私はまた、一日おきに、片道三キロ位ある医者まで、薬とりに通った。これが私の役目で、どんな風雨でも欠かしたことはなかった。

私はもう祖父が怖くなくなり、却って一種の憐憫を覚えた。かつて私を痛憤させた数々の憶出も、左《さ》ほどの力は無くなった。勿論、だからとて、祖父に好感を抱いたというのではない、嫌いは嫌いだった。

あるとき、老婢が、祖父の顔や首筋を蒸しタオルで拭いてやりながら、頓狂声を挙げた。

「お祖父さん、ニキビがありますよ、へえ、おどろいた」

「ふうん」

祖父は気の無い返事だ。老婢は、両手の拇指《おやゆび》の爪で白い脂の塊を押し出すと、

「ほんとにニキビだ、驚きましたねエ」と、それを母や私のところへ持って来て見せた。

身体の自由が利かぬだけで、祖父はよく食いよく眠り、肉づきは好かった。

病床生活五年で、祖父は死んだ。その間の母の労苦はなみなみならぬものがあった。

母と老婢は、手を取り合って泣いた。恐らく二人は、自分たちの苦労を顧みて、泣か

ずには居られなかったのだろう。殊に母は、嫁としてのつとめを完《まっと》うしたことで胸迫ったのに違いない。私はしかし、何も二人が泣くことは無かろうに、と思っていた。

五

話は飛ぶが、私が中学を出て上京し、当時麹町区飯田町と云われたあたりで下宿生活を始めていくばくもなく、父が突然下宿へやってきたことがある。

それは夕方近い時刻だったが、私は机に向って本を読んでいた。そこへ、女中に案内されて不意打ちに現われたわけだ。私は大体本を読むのは好きで、殊に二十前後の年頃には、その慾が旺盛だった。とは云え、いつも机に向っていたわけではない。散歩もするし活動や寄席へも行く。たまたま父が来たとき机に向っていたのは、好都合だった。父はその夜、私の室に寝て、翌日は、他に用があるから、と一人早く出ていった。一と月分の下宿代その他を手渡していった。

父は、私の下宿生活の様子を見に来たのだろう。前触れ無しだから、軍隊で云う「随検」だったわけで、私が不在でなく、しかも机に向っているのを見て、満足だったに違いない。父が私の下宿へやって来たのは、この一度だけだった。

ところで、祖父は、学生生活中の父の下宿へ、他の用をかけてだろうが再々現われたらしい。毎月の費用は、送らずにこうして手渡したそうだ。尻からげに鞋《わらじ》ばきという姿だったという。

祖父の届けてくれる学資は、父にとっては十分で無かった。父は、二三の雑誌に雑文を売っておぎなっていた。今でいうアルバイトである。父がアルバイト原稿を書いた雑誌類が、大正十二年の関東大震災までは、うちにあった。父のアルバイト文章は、倫理道徳を説いた固い論文と、多少潤いをつけた歴史物語との二種類だった。父は東大で国史を専攻していた。

私は、父から、豊富とは云えぬがしかし不足はせぬだけのものを貰っていた。したがって、アルバイトはしなかった。

下宿からほど近い九段下の、俎橋のかかる濠に沿って、一六縁日というのがあった。毎旬の一と六の日の夕方から、夜店が出てにぎわった。いわゆるぽッと出の私には、珍らしいものばかりで、縁日の夜は必ず出かけたものだ。大正六、七年のことだが、私はそこで、今でも上野あたりには時々現われる「泣きバイ」というカタリを初めて目撃した。西洋剃刀を使ってやっていた。

また、「警察がうるさいから――」とか何とかこそこそ云って、ちらりと怪しげな絵を見せて好奇心を煽り、慌て者に売りつける商売も見た。私も実は好奇心を持ったのだが、そんなものを買う勇気は未だ無かった。縁日ごとに気をつけているうち、それが柔道の手を解説した絵だということが判った。警察の問題にはならない。

　バナナの叩き売りで、大変口上のうまい男が居た。商品のバナナをほめるのに、「実に見事な品――これを漢語で形容しまするると、沈魚落雁羞月閉花、これを英語で形容致しますればサンキュ、ブルドック――」などと云ったのを未だに忘れない。

　そんなのを面白がってキョロキョロしているうち、私は蟇口《がまぐち》を掏られていた。久留米絣の羽織と着物の袂の先を、刃物で切られていたのだ。蟇口には、五十銭銀貨ばかりで五円入っていた。

　当時、四畳半の下宿代が、まかない附きで八円だった。その時分の五円だから、私はうろたえた。俎橋際の交番に訴えたが、巡査は不熱心な態度だった。そして、「東京は油断がならないから気をつけたまえ」と、まるで私が悪いような云い方をした。

　父へ手紙を書いた。折返し、父から五円送って来た。小言は云ってこなかった。私は、父が自分の云うことを少しも疑った形跡の無いことに感激した。

　祖父だったらどうか。多分うるさいことになって、私がまたもや悲憤慷慨《ひふんこうがい》するような羽目に陥っただろう。この判断は、祖父嫌いの私の臆測ではあるまいと思う。

六

父は大正九年春の初めに死んだ。頭の押え手が無くなった私は、それからの数年間、勝手な学生生活を送った。好奇心のおもむくまま、いろいろのことをやった。単身株屋街へ出かけて、定期取引に首をつっ込んだりした。その頃は、当、中、先と三限月があり、手数料も今よりは安かったように思う。一年ばかりの間に、千円から二千円迄の損をしたり得をしたりで、結局トントンというところでぴたりと止めてしまった。もう大体判ったと思ったのだ。それに、金銭というものの重味が、私の中で感じられなくなったことを危険な徴候だと考えた。

酒も強くなっていた。その頃は、素性のいい洋酒が沢山あった。

そういう時分、ある喫茶兼洋酒の店の十六七の娘から、こんなことを云われた。

「緒方さん、あんまりお酒飲まない方がいいわ。あたしのお祖父さんは、若いうちからあんまりお酒飲んだので、とうとう中気になっちゃったの」

私は、ジョニオーカを大分流し込んでいたので、

「僕は、酒を飲んだって飲まなくたって、どうせ中気になるんだよ。だから酒は止めない」と本気で云った。

祖父は中風の血筋を怖れて酒を一滴も飲まなかったが、発病して五年間も苦しんだ。また、私の母の父は、卒中で死んだ。（後年、母もその実父と全く同じ発作で死んだ。）そういう両方の重なり合った私だから、脳溢血はどうしてもまぬがれぬだろうと思っていた。（現在でも思っている。）そのことを酔ったまぎれに、幾分悲壮がりながらだろうと思うが、しゃべったのである。

その次に行ったとき、店のマダムからこんなことを云われた。

「この子がね、あんたにひどく同情してるのよ。緒方さんは、中気になるのを覚悟でお酒飲んでるんですって。可哀そうね、って――」

未だ素面のときに云われたので、こっちは大いにてれた。

私は十年前病気になって、一時は駄目かと思ったが、うまい工合に立直ることが出来た。そうなってみると、無闇と命が、つまり時間が惜しくなった。一時は覚悟をして却ってゆったりしていたではないか、と自分を省みて苦笑が止まない。私は確かにケチになった。金銭については、公平に見て気前の良い方ではないが、特にケチとも云えないだろう。しかし、時間については相当にケチだ。

時間をケチケチして、さてどうするのかと考えてみても、別にどうということは無い、ただ出来るだけ長く時間の波に乗っていたいだけのようだ。時間いっぱい仕事をしよう、などというのではない。あべこべに、出来れば、何もせず、物事をはっきりと見ながら生きて居たいだけだ。

私は、以前に比べて、いやに几帳面になり、コセコセしてきた。祖父は几帳面でコセコセしていた。何だか祖父に似て来たようで不愉快である。この上中気になり、頭のたがゆるんで、それでべんべんと五年も生きているなぞ、真平である。そんな五年は、時間とは云えなかろう。

祖母、父、母などとの関係に於て、不快なことも無かった筈はないのに、良い記憶の振幅ばかりが増大されている。これに反し、祖父については、愉快な憶出というのがどうしても出て来ない。私の祖父嫌いが、少しはあった筈の好い方の記憶を、だんだんと消し去ったのだろう。

そんな祖父に似て来たのではないかと思わねばならぬのは、非常に面白くないし、また莫迦げている。

極《ご》く最近、ある知人から聞いた話だが、その人の老父は、軽い脳溢血を起して以来、性格が変って、無闇と金を大事がり、また、人の顔さえ見れば「バカヤロー」と云うようになったとのことだ。その老父なる人は、私も知っているが、気前のいい豪放な人だったのだ。脳の工合が変るのだから、今何を考えていても、云っていてもあてにはならぬ。面白くない話だ。

退職の願い

一

「お父さんは耳が遠くなりましたね」と妻が云った。

「うん、遠くなった」と即座に応えた。ラジオでニュースを聞いている時、隣室から妻が何か云いかけ、それを私が訊き返したため、そんな会話になったのだった。妻は、私が聞きとり損なった最初の発言を繰り返す代りに、耳が遠くなったと、いくらか改まった口調で云ったぎり、黙ってしまった。私も、うん遠くなった、と応えただけで、あとはニュースを聞きつづけた。

二、三分してそれが終ったので、ラジオのスイッチを切ると共に、

「さっきは何だ？」と妻に云った。

「ええ？」

「さっきは何と云ったんだ」

「ああ、あれ……忘れました」

どうでもいいことだったらしい。それならこっちもどうでもいいのだ。私は自分の耳が、遠くなったというほどではないにしろ、いくらか鈍くなったことを認めている。少し可笑《おか》しくなったかな、と気がついたのは、約一年前のことだ。そして、それよりさらに一年ぐらい前から、もの覚えが悪くなったことをひそかに認めていた。若い頃、私はひどくズボラだった。不精で、ものぐさだった。気の向くことには結構打込んでまめに動いたが、そうでないことには全然立ち上る気がなかった。

「めんどうくせエ」というのが、二十代の私の口癖だった。

しかし、二十歳で父に死なれ、母と弟妹四人をのこされた私は、世間的には一家の主人だから、厭だと云ってもしなければならぬ世間的な用があった。大正中期の、未だ旧いしきたりのきびしい時代で、しかも一層保守的な田舎に長く住みついた私共一家であった。

私は、気の向かぬことを、「めんどうくせエ」と云いながら、どしどし片づけた。それは実にいい加減なやり方だった。どっちへ転ぼうが、とにかく片づけばよかったのだ。そんなふうに「ええいッ」と懸け声もろとも、一挙に片づけてしまうか、でなければ、見向きもせずにほっておいた。ほっておくと、そのことは、いつか片づいていた。大抵の場合、それは都合の悪い方へだが。

——二十四か五、まだ学生の頃、友人一人二人と連れ立って街を歩いていた時のことだ。私はくわえ煙草にふところ手で、友人より一、二歩先を歩いていた。身体が小さいくせに、誰かと一緒に歩くと、必らず先に出ていた。私は、何となく歩き方が速かった。それは、中学の五年間、往復十六キロの道を徒歩通学したためについた癖だったに違いない。

風が、口付煙草の火を吹き散らした。その小さな火の粉が、私の鼻柱にとまった。熱い、と思った。しかし、直ぐ消えるだろう、とたかをくくった私は、ふところから手を出さなかった。手を出すのが億劫だったのだ。

火の粉は消えた。しかし、その消え方が、私の予想より一瞬遅かった。私は鼻柱に小さなやけどをつくった。——

四十年も前の、そんな瑣事《さじ》を憶《おも》い起こす。私はこの瑣事が、自分のものぐさをうまく表徴していることに満足をさえ覚える。

二

つくづく思うことは、自分が、一個の人間としても、社会人としても、いかに素人か、ということだ。六十四歳になってそんなことに気がついた。

　もっとも、ここで云う素人に対する玄人というのが、どういうものかは、よく判らぬ。判らぬけれども、そんなものがあるのだろうと思わぬわけにはいかない。——未熟もの、練達者という言葉も浮ぶが、私の感ずる素人、玄人は、それと似ていながら、どこかで少し違うようだ。

　私の職業は、年鑑などに「著述業」又は「作家」と書かれていて、今ではそれに慣れたかたちだが、本当をいうと、ぴったりしない感じがある。とは云え、ほかに何をやっているわけでもないから、職業、となれば、そうしておくより仕方ないとは思っている。だが、自分が作家、あるいは小説家だとはっきり云う——いや、云うより先に、そう思うことについて、いつも疑問を抱いていることは事実だ。

（文章を書いて、それを新聞や雑誌に売って生計を立てていることに間違いはない。ただ、その文章が問題だ。自分の書くものが、世間で云う小説になっているのかいないのか。幸《さいわい》に作家扱いをしてくれるので、いくらかそれらしい形をよそおうことによって、世すぎをはかっている——誰かにそう云われたらどう応えるべきか。誰からもそんなことは云われたことはないが、俺自身はいつも自分に向って問いかけている。もうそろそろはっきりした返答をしてもいいのじゃないか——。いや、こんな調子ではいけない。

少しせっかちに過ぎる。ええめんどくせエと、強引に四捨五入してはいけない、そして出来ない問題なのだ。もう少し時間をかけて整理しなければいけない。）

整理。

私は、ここ数年来、このことばかり考えている。何も彼もが片づいていない。何がどうなっているのかまるで判らない。

整理とは、ものごとを整頓し、筋道を立て、なるほど、これはこうなのか、と納得することだと解釈している。私は、整理という言葉を、有形無形すべての事物に亙《わた》りこの意味で使っている。

ものごとを雑然紛然とさせぬためには、差当っての事物を、間を置かず各個撃破していくに限る、と長い経験から知った私は、近年そのやり方を日常瑣事に援用して、いくらか功をおさめている。その第一の例は、手紙類に対する返事である。返事の要る便りには、それを直ぐ出すことにした。出しそびれるとなかなか果せず、ついには心ならずも礼を欠くに至る。礼を欠くだけならいいが、自他共に処世上重大な損失を招く場合もある。

昔、三十歳前後で東京に居た頃、郷里（現住所）から来る母の手紙は一切開かず焼き捨てていた一時期があった。私は、人非人になる、などと揚言し、それに似た言動をことした。母のみならず、弟妹をも一切相手にしなかった。

すると、借金の抵当にしていた家屋敷が、いつか競売に付されていた。あとで聞くと、再々の母からの手紙は、その危険の迫ったことを報じ、私の善処を要望したものだったという。私の「ほっとけズム」は、鼻柱に小さなやけどをでかしたり、家屋敷を失わしめたり、その他挙げるに煩わしいさまざまの不都合を生み、その結果私は郷党から「緒方の極道息子」なる尊称を受けるに至った。

自分が、特別な責任感欠落者だとは思わない。小さい時分から、旧い家の「あととり」としてのきびしい躾けは受けてきた。二十歳の春、父に死なれると、大いにその気になって、世間知らずの母や幼い弟妹をしたがえ、世に処してあやまちなからんことを期したのは勇ましかったが、その本人が全くの世間知らずなのだから話にならぬ。すべては事志とたがう結果となり、私はその反動力を利して逆の方へつっぱしった。

肩からひっぺがしてなげ捨てた長男としての責任感を、今度は亭主として、また親爺《おやじ》として、進んで背負う気になったのは、現在の妻をめとり、長女を生んでからである。俺は還俗《げんぞく》したのだ、と自分に云いきかせた。時あって人非人ぶる旧来の陋習《ろうしゅう》も、努力の甲斐あってだんだんと影をひそめ出し、終戦前後四、五年にわたる郷里での病臥《びょうが》生活を経てからは、ほぼ平均的家庭人となることが出来た——と自負している。

三

四、五年にわたる病臥生活。——現在ではほぼ恢復《かいふく》と云っていいが、これは実のところ予期以上の成績だ。危険状態に陥ったのが四十五歳の八月末だから、丁度満二十年になる。ひそかに生存五ヶ年計画というのをたてたが、それが第三次までくると計画なぞどうでもよくなった。つまり一日生きれば、それだけ得という気分に変ってしまったのだ。そうして、六十を越して間もなく、もの覚えの悪くなったことに気づいた。一年ぐらい前から、聞きとりが鈍ったことに気づいた。

ラジオを聞きながら新聞を読み、傍《かたわ》ら妻や子供の話に応答する、というようなことをよくやって、子供から、

「お父さんだってながら族だ」と云われたものだ。ラジオを聞きながら勉強する癖をたしなめられた末娘の反撃であった。

「うんそうか。この頃そんな言葉があったな」

「かえりみて他を云わないで下さい」

「他を云ってるわけじゃないさ。圭ちゃんのは勉強だろ？　お父さんはただ新聞読んでるだけだ」

「バック・ミュージック流してる方が、勉強、頭に入るんです」

「ふうん」

私は、ふッと憶い出した。二十代の頃、短篇を書くとき、文章と平行に、いつか頭の中で即興的に作曲しているのが常だったことを。（あれとこれとは違うかも知れないが、しかしどこかで通ずるところがあるんだろう。いや、違うかな。それはそれとして、その後の俺は、文章にともなってリズムやメロディが出てくるなどということはなくなった。これは何かを失ったということなんだろうか？）思いがそんなふうなことへ走ったため、ながら族問答はそれぎりになったが……。

「お父さんは耳が遠くなりましたね」という妻の発言には、一種重さと云ったようなものがあった。反論の余地はないでしょう、と云った気構えが感じられた。それを聞いた私は、思わず、その通りという調子で返事をして了い、あとに、「だが」とか「しかし」とかをくっつける気が全く起らなかった。

それからあとも妻は私の耳については何も云わない。忘れてしまったのではないだろう。私の方は、それをタネに文章を書くほどこだわっているのだから、あれぎり何も云わぬ妻の気持まで忖度《そんたく》したくなる。それを正面から訊くのも変だという気があって、こうもあろうかと考えてみたりする。

（いよいよあなたもそういうことになってきたんですね。）つまるところそんなふうなことではないか、と考える。そこで私は（ああそうだよ、残念ながら）と応える。そうして、両方共、それ以上云うことはないし、云っても仕方がないのだ。

四

満で算えて上の娘が三十一、嫁にいって子供が二人ある。長男は二十九、嫁を貰ってこれまた二人の子持ちだ。共に独立の生計をいとなんで、私どもの方へは何の負担もかけない。私どもが気にすることと云えば、彼らやその家族の健康についてだけである。次男がいたが、これは生後三ヶ月で死んで、それも二十五年前のことだから今は問題なし。末娘は今年三月学校を出ると共にある新聞社につとめ出し、この六月初めで二十三になった。未婚。

右の通りで、親爺としての私に残された業務は、末娘の身の振方だけである。

よくここまで辿りつけたものだ、と、私はつくづく感心する。世間を見渡せば、これはまったく当り前のことで、自分の生んだ子供を独立させたとて、それが何で自讃の足しになろうか。

だが、やっぱり私は、親爺としての自分の業績をかえりみると、良い気分にならざるを得ない。世間から見れば当り前すぎることを、何故《なぜ》喜んだり、自分で感心したりするのか。それにはそれだけの理由がある、と私は考える。

昭和の初め頃までの社会通念として「文学に志すとはそのまま貧窮につながることだ」というのがあった。これは、今の若い人たちの理解を超えることかも知れぬが、初老に達した人なら直ちにうなずいてくれるだろう。そんな通念の当不当をここで云う気はない。また、それを通念たらしめた社会のあり方をとやかく云うつもりもない。

私が文章を書いていこうと心に決めたのは、大正中期の頃だから、右の通念は崩壊の兆《きざし》さえ見せず、私共の前にしっかりと立ちはだかっていた。当時の文学志望者はすべて、そのことを納得した上で歩き出したのである。

大多数の者は中途で離脱し、頑張る者は窮死した。極く少数の才能あるものが名を成したが、それらも概《おおむ》ね夭折《ようせつ》した。

そういう心がけや、そういう心がけに追い込む社会風潮の是非は別として、私もまたそういう状況下に文学志望者として出発した人間であることに間違いはない。

私は、才能が無いくせに中途離脱せず（というより、他に行きどころが無くなって）頑張った組なので、あわや窮死という状態に立ち至った。無念ではあったが、一方、身から出た錆という気があるから、自分自身としてはあきらめ気分も持つことができた。

その重病が、四、五年の臥床生活でどうやら立直ったのだから有難い。

その上、戦後の風潮として、小説や読物類がむやみと歓迎され始めた。いわゆる流行作家が輩出した。私には流行的作品が書けないので、はやりはしなかったが、遠い地震の余波のように、わずか乍らもその余沢を受けることができた。

昭和二十年、敗戦の年、末娘は三つだった。相模湾《さがみわん》上空から侵入した敵艦載機グラマンの編隊が、裏の曽我《そが》山の頂上あたりで反転すると、麓《ふもと》にある私ども民家や駅を逆落《さかおと》しに銃撃した。敵操縦士が首に巻いた白いマフラーの、一直線になびくのを見た。銃弾や空薬莢《からやっきょう》が、庭石に当って鋭い音を立て、はねかえるのを見た。その時、末娘の挙げた「こわいッ」という悲鳴。

そして、敗戦後の不如意極まる何年間。

娘が二十歳になったとき、私は市の教育委員会から頼まれて成人式に出席、祝福の言葉を述べた。娘と同年の、概して大きな身体をした少年少女たちの、活力そのものと云った顔を壇上から見たとき、ある感動から、言葉がスムーズに出てこなかった。戦争末期の諸情景が鮮かにうかんで、言葉の邪魔をするのだ。戸障子をビリビリとふるわせる機銃音、石にはねかえる銃弾の冴えた音。駅に集積された味方野砲弾の一時間にもわたる誘爆発音、飛来するその破片の、何とも形容できぬ音、屋根と畳をつき破って床下の土にズシンとつきささる音。小さな者の悲鳴。

敵機が去ったあとの空の、うそのような青さ、窓外の樹々の緑、花の紅白。それらを病床から眺める私は、現実と非現実の間をうろうろしている。突然、三つの娘の歌声がおこる。彼女気に入りの「予科練の歌」である。よく透る声の、たどたどしい歌い方は、気の弱まった病人をひどくゆすぶる。私は、誰も見ていないのをいいことに、涙の流れるに任せる。——

そんな情景が目の前にたちふさがるので、言葉はつかえ勝ちとなる。私は、つづめて云えば、皆さんが無事に育ってくれたことを感謝する、と述べて壇を降りた。壇に近く大勢居並んだ市の職員とか父兄とかの手前、「親御さんたちや先生方の御苦心御努力」についても一応言及したが、力点ははっきりと「皆さん、ほんとによく育ってくれた」というにある。その晩の食卓で、末娘から「お父さん、今日は変だったわよ」と云われたのから察しても、私の話は相当に主観的だったらしい。

五

先日上京して娘を勤め先から連れ出し、銀座その他へ行ったときのことを述べなければならない。別に何事も起ったわけではないが、私にとっては忘れられぬ日だ。

大体私は、東京へ出るのが嫌いである。もう三、四年も前から随筆などで時々書いているので繰り返すのも大儀だが、つまり東京の、いわゆる公害が余りひどいからである。国府津《こうづ》で湘南電車に乗りかえると、一時間三十分乃至《ないし》四十分で新橋駅に着く。その電車の窓から吹き込む風は、横浜に近づくと共に臭くなる。新橋か東京で降りる頃には、鼻がいくらかバカになっているが、時々、ふッと空気がにおい立つ。

タクシーに乗って、信号三回待ち、などというところで停っていると、排気ガスの臭さでたまらなくなる。胸が悪くなり、頭痛がする。時には途中でタクシーを捨て、手近の喫茶店か何かへ逃げ込むことがある。その店ではまた、ジャズが大きく叫んでいる――。

東京在住の人には判るまい。しかし私のように、二十年も田舎に在って、清澄な空気と水と緑の中に、騒音から離れ住む者には、東京は濁った沼としか感じられないのだ。私は淡水魚になって了った。塩分過多な東京で、どうして呼吸のつづく筈があろう。いろんな会合にも、よんどころない場合にのみ出席する。若しそれがパーティのようなものであれば、大概中途で退席する。

上京となればまた、いくつかの用をまとめて果そうと努力する。用件と、その順序とをうまく案配し、メモする。だから東京に於ける私の行動は当然あわただしくなる。

先日の上京でも、やはりそうだった。三個所ほど廻って用をすまし、午後三時頃娘を勤め先から連れ出した。目的は、私の靴とネクタイとを買うのに娘を立会わせることだった。私一人ではどんなものを買うか心配だという妻と娘の世論にしたがったのである。私もそういうことには自信がないので――つまり、買物と云えば手に当ったものを買う癖があるので、娘に選ばせた方がいいと思った。

娘に連れられて三軒も四軒も廻った。それは困るのだったが、娘に一任した以上、我慢するほかはなかった。漸く買物が済むと（ついでに娘の靴も買わされて）私は急に生々となり、タクシーを停めて娘を勤め先へ戻し、同じ車で東京駅へ行った。ホームをかけ上ると、丁度国府津で御殿場線への連絡のいい電車に間に合った。私はいきが切れて苦しかったが、好都合な電車を捉えたことで満足した。

玄関に出てきた妻が、

「もうお帰りなの。早いわねエ」と云った。

「丁度いい電車に間に合ってね」私の口調は幾分弁解じみている。

「圭ちゃんは？」

「社に用が残っているそうで、この次の次ぐらいで帰るだろう」

慌てることもないのに大急ぎで服を脱ぎ散らす私。それを拾って廻る妻。

「お夕飯は？」

「未だだ」

妻ががっかりした調子で、

「圭ちゃんと一緒にどこかで済ますのかと思ってた。何にもありませんよ」

「無くたっていいよ。早く一本つけてくれ」

私は、東京の空気を吸えば吸っただけ損なような気がして、用が済めばさっさと田舎へ逃げ帰る。ローカル線の小駅下曽我駅に降り立つと、梅のさかりの頃なら、梅花の匂いが鼻にくる。蜜柑《みかん》の花のさかりにはその匂い。

妻にとっては、たまにしか外出せぬ私の帰宅があまり早いのは迷惑なのだ。それは判っているが、だからと云って東京でぶらぶらしようという気は毛頭ない。

「帰ったよ。悪かったね」とこっちから云ってやることもある。

その夜、私の予想通り二タ汽車遅れ、娘が買物をぶら下げて帰ってきた。靴や何かをそこにひろげ、娘は自分のをはいて見たりして一としきり騒いでいたが、そのうち、

「お父さんと一緒の買物は、せからしくていやんなっちゃう」と云い出した。

「そうなのよ。昔からそうなんだから」と妻が忽ち同調した。

「わしには、君たちみたい買物趣味が無いからな。古本を除けばね」

「あたしたちに買物趣味があるのは確かだけど、それは必らずしも趣味だけじゃないと思うわ。品物をよく選ぶんですもの」

「趣味と実益とを兼ねるか。結構だよ。わしがつき合えぬだけでね」

気楽そうにそんなことを云っていたが、娘が真顔で、

「お父さんは、せかせかしすぎますよ。駅の階段の上り下りとか、車道横断とか、もっと落着いてた方がいいと思うわ」そんなことを云い出すに及んで私もどこかひっかかる気分になった。

「それはね、上京するとき、用を沢山持って行くからだよ。自然急ぐことになるんだ」

「それはそうかも知れないけど、危ないんですよ。見ていてハラハラしちゃう」

「ふうん、そんなに危ないか。――わしは、そんなによたよたしているのか」私の顔からは、もうにやにや笑いが引込んでいたろう。

「よたよたしてるなんて……そんなこと云ってるんじゃないんです。今日だって、銀座で車拾うとき、いきなり車道へ出ていったりして……ひやッとしちゃった。車を拾うぐらい、あたしにだって出来るのよ。あんなふうだと、お父さんと一緒に歩くの、辞退したくなっちゃう」

たたみかける、という娘の調子だ。私は、なにをッという顔で娘を見返したが、次の

瞬間、うんそうか、とうなずくことがあった。やや間を置いて、

「わかった。大いにわかった」と云った。

娘と妻が、それを聞くと、急に気が抜けたようになり、つづいていかにも気の毒という表情になった。

「もう木登りなんか、絶対にできませんね」と妻がとりなすように云った。

「なアに、留守の間にやるさ。——靴やなんか片づけてくれ」

それをしおに、二人はそこいらの物をひっさらうようにして隣の部屋へ移り、箪笥《たんす》をあけたり閉めたりし始めた。

私は、うんそうか、とうなずいたことの次第を、さらに考えつづける。

(——俺もこの辺でそろそろ引退すべきなんだ、うすうす感じてはいたが、今はっきり判った。)

十六年ほど前に『痩せた雄鶏《おんどり》』という短篇を書いたことがある。その頃(昭和二十三年末)私は、恢復の自信を持たぬ病人だった。ひそかに立てた第一次生存五ヶ年計画の末期に当っていた。

隣家で飼う鶏一家の様子を病床から見飽きるほど見ているうち、雄鶏という奴が、いかに典型的な家長ぶりを発揮するかということを発見確認した。ことに当っての雄鶏の

挙措止動はいやに親爺的且《か》つ亭主的であり、それも、こっちから見れば取るに足らぬことに対してまで生真面目なオーバーな構えを執るのが、甚《はなは》だ滑稽に感じられた。

私は苦笑した。自分の姿がそっくりそこにある、と思ったからだ。顧みると、妻を持ち子供を生むと共に、ひそかに還俗を誓った私は、とりもなおさず、雄鶏たることを自らに課したのだった。その決意の重大さに比して、私は極めて非力であった。だから常住坐臥《ざが》じたばたし、したがって、それが本気であればあるほど、滑稽感を切り離すことができなかったのである。

じたばたしながらも、ひどく痩せた雄鶏は、どうやら所期の目的に近づくことができた。上の子供二人を育て上げ、独立させた。末っ子の教育も終り、これを職に就かしめた。あとは適当な配偶者を得ることだが、これは当人に任せればいい……。

（なア圭ちゃん、さっきはいやにはっきり云ってくれたが、考えてみると、実にタイミングがよかったと思うよ。よく判ったから、ここでお父さんも、鋳掛松《いかけまつ》みたいに宗旨を変えることにする。うるさいだろうから、球《たま》が来るごとにあんたのうしろへ廻るのは、もう止めにする。多分あんたも、番ごとトンネルしたり、ハンブルしたり暴投したりすることは、もうないだろう。万一、球は転々外野の塀、となったら、自分で追っかけ給え。一点や二点とられたってクヨクヨするな。自分で打って取りもどせ。――考えてみれば、あんたの齢《とし》には、お母さんはもう二人の子持ちだったんだ……）

私は隣室で、衣類をいじくっている二人に大きな声で云いかけた。

「丁度いいから、わしはそろそろ手を引くことにするよ」

「え？　何を？」二人が云った。

「いや、考えたんだよ。こっちも疲れてるし、もう圭ちゃんも一人前だから――」

二人が声を揃えて笑い出した。

「お父さん、ヒガんじゃった」と妻。

「そんなつもりじゃないのよゥ」と娘。

「ひがんでなんかいない。なるほど、と思ったんだよ。――なるべくこっちへシリを持って来ないように、しっかりやるんだな」

「困るわお父さん。ええと――向後とも倍旧の御愛顧お引立てのほど、伏して悃願《こんがん》つかまつります、敬白」

「わかったよ」

それから中一日おいて私はまた上京した。例によって二、三の用をかけていたが、最後に娘の社へ行った。そこの幹部二、三人と話があり、三十分ほどでそれを済ますと、娘を呼び出して貰った。娘には何の用もなかったが、ちょっと顔を見たかったのだ。娘

がやってくると、一階へ連れて降り、

「未だ帰れないのか」と云った。

「やりかけの用があるの。あと一時間ぐらい」

「それじゃ駄目だな」

「何か？」

「新橋のO軒へ寄って、一緒に飯を食って帰ろうと思ったんだが……」

「わア残念！」

「十分ぐらいいいか？」

「いいわ」

一階の喫茶室に入って、「何でもとりなさい」と云った。

やがてそこを出ると、正面玄関の方へ歩きながら、

「車を拾ってくれ」と云った。

「オッケー」

娘はすっと玄関を出ると、丁度来かかった空車を手際よく停め、開けたドアのわきに立って、気取ったふうで迎える恰好をしてみせた。私はことさら悠然たる足どりで車に乗り込み、反りかえり、大いに気取った様子で片手を挙げた。車は、貴顕紳士を見送り

でもするような慇懃《いんぎん》なポーズの娘をのこして走り出した――。

私はもう大分前から、長男と歩くときはすべて彼に任せきりである。夕刊を買ったり、電車の切符を買ったり、タクシーを拾ったり――すべてそんなことは彼にさせる。彼の先に立って歩こうともしない。私は彼を、いわば付け人扱いにして安心していられる。もっとも長男は、以前からそつの無い方だった。登校時ハガキなど持たせてやれば必らず投函した。新聞社や雑誌社への用を命ずれば、間違いなく果した。持物を落したり掏られたりしたこともない。だから、付け人的素質がもともとあったのだと云える。

これに反し、末娘はそう云う点で全然信用がならない。（妻も同様だが、ここでは触れない。）投函を命じたハガキが、二、三日経って彼女のハンドバッグから出てくる。蟇口は再々掏られる。金を渡して買物を命ずると、これもよく忘れる。買って帰っても釣銭を戻そうとしない。着服を企んでいるのかと思うとそうでもない。無関心なのだ。

だから、末娘とのつき合いでは、こっちが付け人的にならざるを得ないのだ。いろんなことで、トンネル、ハンブル、暴投をやるから、バックアップするこっちは奔命に疲れるばかりだ。

「少しほっといたらどうですか」と妻が云う。

「ほっときたいのは山々だが、何しろ差支《さしつか》えが起るんでね」

「根が横着なんですよ」

「横着だ。それにずうずうしい」

「たしかに度胸はありますよ。あたしなんか足もとにも及びません」

「そうだろうな」

このあとへ、多くの場合、「何しろお父さんが甘いんですから、まるでこの羊羹《ようかん》みたい」などとつづく。そして家庭争議的雰囲気に陥込《おちこ》む。

だが、これからはもうそんな心配もなくなるだろう。私は彼女の付け人たることを辞め、却って向うを付け人扱いしてやることに決めたのだから。

何だ彼だと世話をやき、年甲斐もなくちょこまかと立廻る父親を見て、危ないッと肝を冷やすこともあろうが、みっともない、とうんざりするときだって無いとは云えまい――そう思うと、私は苦笑のうかぶのを止めることができない。

六

私の云う還俗以来、私は、簡単に云えば二兎を追ってきたわけだ。末娘の付け人たることを辞めていいとなれば、私は私なりに一兎を得たことになる。敢えて二兎を追うて二兎を得ようというのが、私のひそかな野望であった。

平均的亭主且つ親父たる姿勢を崩すことなく、しかも年来志す仕事にも何とかして目鼻をつけたい、というのだ。この二兎を追うことの困難さは、私と同業の人たちには直ぐ判って貰える筈だが、一般の人々にはなかなか呑み込んで貰えぬだろう。

二十年の昔、敵機の機銃掃射音におびえた悲鳴、また透った声でたどたどしく歌う予科練の歌、それを病床で聞く私——そんなイメージがいつまでもつきまとう末娘とのつき合いであった。「もう沢山！」とでも響きかねぬ娘の言葉と、「お父さんも先が見えましたね」ぐらいに翻訳可能な妻の云い草とが重なって、大げさに云えば、私は眼の鱗が落ちた思いをさせられた。

雄鶏という地位身分から去るの好機である。退職をしたい。小さい頃からそうなるように躾けられたおかげで、長い間無理にも気張ってきたのだが、もはやそんな滑稽にも類する身振りは必要としなくなった。とにかく私としては一兎を得たのだから。

子供の整理整頓というのは、私にとってその種業務中の大難事だったのだが、それがほぼ完了となれば、これほど有難いことはない。私は本当に有難いと思う。この告白は額面通りに受取って貰いたいものだ。

これからはほかの整理にとりかかる。片っぱしから整理してゆく。書庫に山積した古本や古雑誌の整理、古手紙の整理、古写真の整理、父親から伝えられた古い書付類の整理――とっつき易いものから先ず始めることだ。それらと平行に、頭の中では長い間つつき廻しても一向らちのあかぬ考えの整理も進めよう。この整理の進むことは、とりもなおさず文章の仕事の進むことだが、云うまでもなくこれが最大の難物だ。しかし、私はもう一匹の兎を得なくてはならない。耳が少しおかしくなったりもの覚えが悪くなったり、というのは心細いが、今やまぎれもない年寄りなのだからそれも仕方なかろう。そのことをはっきりと自覚することによって、却って整理がはかどる、というふうにもっていけないものでもあるまい。

梅の実がぽとりと落ちた。

「あッ憶い出した」と妻が頓狂声を挙げた。

「なんだ」

「お午《ひる》のニュースのとき、あたしが何か云って、それをあなたが訊き返したでしょう、あれですよ」

「耳が遠くなったときか」

「ええそう。もうそろそろ梅の実を落したら、と云ったんです。あの時梅の実が落ちたの、今みたいに」

「よし、これから叩き落そう」

「これからア……」とひどく迷惑そうな顔をした。

「思いついたら直ぐやった方がいい」私は立上った。

妻が、しぶしぶ立上りながら、

「どうしてこうせからしいんでしょう」と独りごとのように云った。私は聞かぬふりをして縁側から下りていた。

約束

一

つい最近まで台所だったのを、雑品置場に直したばかりの板ノ間の方で、細君がさきほどから何かやっている。ガタピシ音をさせているのは、一と先ず乱雑に運び込んだものを、改めて整頓しているのに違いない。

（いい加減に止めればいいのに……）

　そう思いながら居間で新聞を読んでいた緒方は、何か金属の箱がどこかにぶつかった音とともに、細君の小さな声を聞いたので、新聞を抛《ほう》り出してそっちへ行ってみた。板ノ間につづく三和土《たたき》で電気洗濯機が斜めに壁によりかかり、細君がそれに縋りつくような恰好で、ゲッソリした顔をしている。

「そいつを板ノ間へ上げようというのか」

「そうなの。——ええいッ、こんなもの！」

細君が気力を新たにし、腰を構えたので、

「やめろ！」と怒鳴っておいて、緒方も三和土へ下りた。

今度は二人がかりだから、それは難なく板ノ間に上り、細君の手で適当な所に置かれた。しかし、細君は、いかにも面白くないといった顔付で、

「駄目になっちゃったなア」

と低くつぶやいた。その調子や声音、それから細君の身体全体の様子に、自嘲なぞと云っていられない、そんな余裕の全く感じられない、深い嘆きのようなものがこめられていて、緒方の胸を突いた。

「仕方がないさ」緒方もつぶやくようにゆっくりと云った。「もう無理はできないんだ、お互いに」

二

緒方は六十五、細君は五十二である。二人は三十四年前に結婚し、四人の子供を生んだ。生れたのは、女、男、男、女の順だったが、次男に当る児を生後九十日で亡くしたから、今は三人の子供の親というわけだ。それも、長女、長男はすでにそれぞれ二人の子持ちになって居り、未婚の末娘も去年学校を卒えて会社づとめをしているので、緒方

夫婦の家庭人としての任務あるいは責任は、ほぼ完了したと云っていいだろう。

　と同時に、彼らは、両方とも、ひどく不元気になっていた。六十五歳の老人である緒方がそうなったのは左ほど不自然でないとしても、五十を過ぎたばかりの細君の衰えは、少しひどすぎた。

　細君の身体の調子が、何となく変だと、緒方や当人がはっきり気づいてから、もう十年近くなる。

　ときどき目まいや頭痛を訴える。それは長くはつづかないが、ときどき起る。

「おかしいね、どうしたんだろう」

「あたしはもともと、頭が弱い方ですからね……」と薄笑いして「それに、例のが重なったんでしょう。そろそろ、そういう年ごろですもの」

「例のって何だ？」

「よく更年期障害とか云うじゃありませんか」

「なるほど――」

　緒方は、本当に、なるほどと思った。そういうことに思い至らなかった自分に苦笑を向けると共に、それなら病気ではなくて生理現象じゃないか、と安心する気になった。

「どのくらいつづくものかね、それは」

「人によるでしょうけどね……」

「それはそうだろう」

ともかく緒方は安心した。細君のためより、自分のために、と云っておかねばならない。

緒方は、一つの強いコンプレックスをもっている。それは、細君を「こきつかい」過ぎた、という意識だ。

三十四年前、緒方と一緒になったときの彼女は、五年制の女学校を出たばかりの健康な娘だった。五尺二寸何分に十五貫という、当時としては大柄な方で、運動選手だったというその身体は、元気そのものだった。その健康に、緒方は絶対の信頼を寄せた。そうして、それはそれで良かった。細君の身体はびくともしないようだった。すくなくとも今から十年ぐらい前までは。

三

緒方は、余り才能にめぐまれていない小説家だ。

その彼が、自分勝手な文章を、それも少しずつしか書かずに、どうやらこの齢までやって来られたのは、細君を筆頭とする家族の者共の「つき上げ」が無かったからだ。つまり彼らが、日常生活で、ぜいたくらしいことを一つも云わなかったからだ。

そのしわ寄せは、細君に来た。彼女はそれを、健康と、楽天的気質とで、どうやらしのいできた。

だが、途中で一度躓《つまず》きがあった。敗戦の前年八月末（そう云えば、八月三十日朝だから、丁度二十一年前の今日だ。そのときと同じように、今もこおろぎがしきりと鳴いている）、緒方が血を吐いて倒れたのである。

九月、死ぬのなら郷里で、という気持を圧《おさ》えることが出来ず、現住地なる西相模の、老母一人がいる家へ運ばれるようにして帰った。それからの五年間を全くの病人、さらに五年を半病人として過した。

細君の身体にひびが入ったのは、この時期に於てだ。敗戦前後の苦難は、多少の差はあっても、誰一人免れはしなかった。だから、緒方の家のことをとり立てて云ってみてもしかたがないが、話の順序として概略を記す。七十の老母、重病の亭主、小学生二人、未就学児一人を抱えて、まともなのは細君だけであった。殆ど無収入、食糧不足、身動きできぬ病人の世話、裏の山に構築中の砲兵陣地への夫役、何も彼も細君一人が背負った。

戦後二年目の春、老母が死んだ。四年目頃、緒方の病勢が衰えのきざしを見せ始めた。

医者から「急なことはありません、まア二、三年は大丈夫でしょう」と云われ、半ば覚悟をしたことによって却って元気が出た形となった。

戦後十年、緒方がほぼ立直ると共に、細君が不元気になった。頬がこけ、鼻はとんがり、白髪《しらが》が目につき出した。動きがにぶくなった。

「しかたがないさ。俺がまアまアという程度になったから、安心して疲れが出たんだ」

「そんなことだろうと思います」

そう云っているうちに、長女と長男は相ついで学校を出て、やがて嫁に行き、嫁をもらった。細君は「ここまで来ればもう安心」と云いながら、ますますやせた。

「元気を出せ！」緒方は叱咤した。

「これでも元気なつもりですよ」と細君がうらめしそうな顔をした。緒方は、叱っても始まらぬ、と思い直し、急に別のことを云い出した。

「どうだ、謡《うたい》を習ってみないか」

「——謡ですか。今からじゃあ……」

「遅くないよ。この村のグループは、大体君ぐらいの連中だろう」

「そうね」

「君は小さい時分、親爺さんのうなるのを聞いてたそうじゃないか。小さい頃耳に入れた感じという奴は、案外役に立つものだ」

「父のは加賀宝生、こっちは観世です」

「全然初歩だもの、どっちだって同じさ。——俺が居なくなったあとの、十年か二十年か知らないが、とにかく用の無くなった年月を、一つも道楽無しではもち切れないだろう。謡をうなっていれば君も暇がつぶせるし、はたの者も助かる道理だ」

趣味道楽のない細君に、謡でも習わしておいたら、と緒方が思いついたのは、その時から一年ぐらい前のことだった。村の、時間その他に比較的余裕のある家の主婦や未亡人七、八人が、玄人ではないが長年修業して、名誉師範になっている婦人を先生に、週一回の稽古をしている。そのグループに入れて貰えばことは簡単なのである。

渋っていた細君が、緒方の口車に乗って、謡和会というそのグループに入ったのは、それから一ヶ月あとだった。現在からは、八年ほど前になる。

謡の習い初めほど、聞く方にとってつらいものはない。緒方は、三人の子供のうち、家にいるのはただ一人となった当時中学三年生の末娘に、「お母さんの謡、わらってはいけないぞ」と云いふくめ、自分も辛抱した。

始めてみると、細君は熱心だった。便所や風呂でうなったりする。謡に身を入れているせいか、不元気から立直ったように見えた。

が、それも一時のことで、細君はまた不調に陥った。めまいがし、頭痛がする。そうして、ある秋、庭の柿の実をとろうとして、竹竿を持ったまま倒れかかった。無意識に柿の幹にしがみついたので、怪我はしなかったが、縁側で見ていた緒方はうろたえた。部屋に引上げ、床を敷いて寝かせた。

医者は、緒方や細君からいろいろ聴きとった揚句、

「どうも脳軟化症くさい症状ですね」と云った。

「ははァ」緒方は、細君の顔をじろじろ見た。

「脳軟化症っていうと、Nさんのお爺さんや、Kさんの御主人みたいあれですか」と細君が云った。

「そうです。あの人たちのは重症ですが」

「わァ、困っちゃいましたね、お父さん」と細君が笑いながら云った。

「あんまりしゃべるな」緒方が怒ったように云った。

医者が、

「はっきりそうと決ったわけじゃあないんです。過激な運動は避けた方がいいでしょう。——とにかくちょっと血圧を計ってみましょう」と、その道具を取出し、細君の腕に捲きつけた。緒方が、珍しそうに見ていると、

「九十――これはちょっと低すぎますね。奥さん、前からこんなですか」

「いや、血圧なんか計るのは、うちでは初めてです。九十は低い。あれは、年齢に九十を加えた位が適当とか……」と緒方が代って云った。

「平均的にはそう云いますが、人によってまちまちですね。しかし九十は低いですよ。めまいや頭痛も、このせいです」

「脳軟化症というのは、低血圧の方がなり易いとかききましたが……」

「そういうことですね」

「お父さん、ついでに血圧計って頂いたら？」

「いいよ、俺は」

「よくないですよ。先生、計って下さい。きっと高血圧ですよ。その血筋なんですから」

「お計りしましょう」

緒方は、有無を云わさず、計られてしまった。結果は、意外にも、百十しかなかった。

「へえ、高血かと思ったらやっぱり低血ですか」と細君が頓狂声を出した。

四

近所の脳軟化症患者二人のうち、N家の老人は、二年ほど寝たきりだった末、七十いくつかで亡くなった。もう一人のK家の主人は、五十五、六だが、この方は、家の中をそろそろ歩く程度に回復した。しかし、家務は一切、息子に任せきりである。

緒方は、ある会合で上京した折、古い仲間のS・Tに逢った。彼は、何年か前（その時から算えて）、細君を脳軟化症で亡くしているのだ。

「君の前の奥さんが発病したときは、どんなふうだったの？」と緒方は尋ねた。

「部屋の掃除をしていて、ひっくり返ったんだよ」

「何か予兆があったろう」

「めまいがしたり頭痛がしたり手足がしびれたり。――それから、不眠がひどかった」

「うちの奴も同じだなア」

「ほう、君とこでも……気をつけた方がいいね」

「こき使い過ぎたかな。丈夫で長もちすると思ってたのに……」

「そらア、気イつけなあかんで」

S・Tはくに言葉を出した。

（その頃すでにS・Tは上顎ガンに、彼の二度目の夫人は乳ガンにかかっていた。二人は今から四年前、相ついで他界した。）

緒方は、帰宅しても、S・Tから聴いたことを細君には話さなかった。だが、肚の中では、（ほんとに気をつけなければいけない。これは冗談ごとではないのだ）と、きっぱり自分に云いきかせた。（あいつを、不死身だと思っていたのは間違いだった。）

被害者意識と加害者意識とがあるとすれば、緒方は加害者意識の持主である。貧乏や病気で相当痛めつけられてきながら加害者意識をもつとは、どこか滑稽な感じもするが、不如意なことは何でも「身から出た錆」と片づけるくせの緒方には、被害者意識のもちようがないのだ。

彼は、誰からも、いじめられたという憶えがない。実際には、悪意をもって彼を遇した相手があったのかも知れぬが、彼の方ではそれを感じていない。早く云えば、おめでたい人間なのだろう。

対世間のことを云い出せばキリがないので、肉親関係だけで云えば、緒方から最もいじめられたのは、母親である。緒方の母は、四十二歳のとき、二十歳の緒方をかしらに、五人の子供を抱えて寡婦になった。幸いに多少の遺産があったので、一家が路頭に迷う心配はなかったが、長男の緒方が勝手放題をしたので、心の安まるひまはなかった。末の男の子が上級学校を出たときには、長年の徒食から、一家は無一物になっていた。それでも長男の緒方は何一つ稼ごうとせず、郷党から「極道息子」の烙印を捺された。やがて、どうやら筆で一本立ち出来たと思うと、戦争が始まり、それが押しつまった頃、重病にかかって、妻子四人と共に母親のところへころげ込んだ。

戦後二年目、緒方の病状が悪いさなかに、母は脳溢血で急死した。（俺が死ぬよりは良かった）と緒方は本気で思った。

だが、長い間いじめっぱなしで母を死なしたことは、何としても胸につかえた。

（死んだ者は何とも思いはしない。思いようが無い。しかし、俺としては、どうにも気がすまぬ。）

日本の敗戦とか、自分の病気とかは、彼として母を窮死（と云っていい）させたことへの弁解にはならない。母の生涯の赤字の大きさ、その原因がすべて自分にある、という負目から解放されるのは、俺が死んだときだ、と緒方はつねに考える。

（そのおふくろに次ぐ第二の被害者がこいつなんだ）と緒方は、この頃目立って肉の落ちた細君の首筋を眺める。

五

あれは十一、二年前だったろうか。緒方の健康がほぼ立ち直った時分のこと、何かの話のついでに、細君がこんなことを云い出した。

「上野の桜木町の家で、あなたがひっくり返ったとき、遺言みたいなことを云ったでしょう」

「ああ云った。それがどうした」

「実はあれ、今だから云いますけど、まるで意味が判らなかったんです」

「なにイ」

緒方は呆れた。

そのとき来た医者が、細君をつかまえて、知らせるところがあったら知らせた方がいい、とささやいているのを小耳にはさんだ。それで緒方は、俺は危ないのか、と思った。

その夜中、枕もとに居る細君に、云っておかねばと思うことを、努力してしゃべった。細君がときどきうなずくようにするので、了解した、と思っていたのだが、それが蚊の鳴くような声で、口もとへ耳をもっていっても、よく判らなかったのだ、という。

「ふうん――」

緒方は、珍しいものでも見るように細君の顔を眺めたが、

「そうだったのか。してみると、ほんとに危なかったのだな。――しかし、そのことを、十年間も黙っているとは……」

「土気色をして、あぶら汗を流して一生懸命云っているのを、判らないとはどうしても云えなかったんですよ、気の毒で……」

「それにしてもさ」

「ときどき思い出しては気にしてたんですけど、今日思い切って白状して、さっぱりしちゃった」

「まアいいさ。――しかし、驚いたな」

「でも、もう大丈夫ですよ。お父さん（緒方の父）の齢はのり越えたから、今度はおばあちゃん（緒方の母）の齢が目標ですね」

「そうありたいものだ」

「とにかく、骨はあたしが拾って上げます。死水はちゃんととってあげますよ」

「当りまえだ」

そんなことをしゃべり合った時分、細君はまだ元気だった。緒方にとって、彼女は不沈戦艦の如きものと信じられていた。

「おふくろが算え齢七十一、おふくろの親爺が七十一、弟のK叔父がやっぱり七十一で、それが全部脳溢血だ。俺にとっては、満七十が大関門だな」

「K叔父さんのお葬式のとき、叔母さんが云ってました。どうせ血筋だからあなたも脳溢血でひっくり返るのだろうが、いきなり死んでは厭ですよ、せめて一週間は看病させて下さいって、そう叔父さんに、ふだんから云っていたんですって。そうしたら、発作を起してから丁度一週間目に亡くなったんですって」

「偶然だろう」

「でも、うちのおばあちゃんも、そのお父さんも、三時間か五時間で亡くなったんですもの。K叔父さんは、念力で約束を守ったんだと、あたしは思います」

「さアね」

「あなたはそんなことにドライだけど、あたしは信じます」

「そんならそうしといてもいいよ。ところで、俺は君より先に失敬するから、よろしく頼んだぜ、いいね」

「大丈夫。約束します」

「大丈夫な筈だ。俺が七十になったとして、君は僅か五十七じゃないか。それにもともと女の方が寿命が長いのだ。何も威張ることはない」

細君が不元気な様子を見せだしたのは、そんなことを陽気にしゃべり合ってから二、三年の後《のち》である。

六

緒方の母が死んだのは昭和二十二年春で、それから四年後に、緒方は無理算段をして、家の増築をした。そのきっかけになったのは、次のような事情だ。

母の告別式のとき、家の手狭さを改めて痛感させられた。何日か経って、細君が云い出した。

「もう一と部屋欲しいものですね。ふだんは我慢するとしても、何かことがあるときはほんとに困ってしまう」

「俺もそう思う。せめてもう一と部屋、俺の勉強部屋兼病室が欲しい」

「それも必要ですけど、あたしは、人寄せのあったとき、これでは困ると思うの。おばあちゃんのお葬式の日、つくづくそう思っちゃった」

「うん、それもある。――八畳に六畳の二間つづきで、襖をとり払えば一と間になる、という奴だな」

「あなたの告別式のときは、東京方面からいくらか来る人もあるでしょうし、おばあちゃんのときぐらいの混雑ではすみませんよ」

「そうだな」

「どの位かかるかしら、八畳に六畳として——」

「どのぐらいかな」

資金は無い。稼ぎ出そうにも、長患の緒方には、その日の暮らし分だけで精いっぱいという有様だ。

「宝くじでも当らないかしら」

「買わないくじが当るわけは無い」

「それじゃあ——香典の前借りってのはどうかしら」

「冗談話にはよくあるが、実行した奴があるかどうか」

「それを実行するんですよ。あなたのお友達には流行作家が大勢いるから、集りますよ、きっと」

「ガリ版刷にでもして、各方面へ配るか。ええと——陳者小生ことかねて病気療養中のところ経過はかばかしからず、いつ何どきこと切れるやもはかりがたき状態に立至り候。就ては甚だ申しかね候儀には候へども、いずれは申し受くべき香典、この際仮払いとしてお下げ渡し相成り度伏而悃願仕り候——」

「候文の方が感じが出ますね」

「そうかね。――とにかく今のままでは、みんなに来て貰っても坐る場所が無いから、一、二室建て増したい。それというのも、諸君の不便を除きたい一念からだによって、香典の額はせいぜいふんぱつして欲しい――」

「そんな欲張ったこと、書かない方がいいでしょう。反感もたれちゃいます」

「そうかね」

冗談半分に云っていたが、間もなく隣家に大工が入って槌音をさせるのを聞いているうち、決断がついて、忽ち実行して了った。資金は、友人や雑誌社から借りた。

それから三年後には、墓地の手入れをした。先祖代々の墓地が大分乱雑になっている。そこで、周りを玉垣で囲い、緒方家代々之墓というのを新たに建てた。この方は、有金をはたいて間に合った。

このことを材料に緒方は早速「墓地の手入れ」という短篇を書いた。ある批評家が「手廻しのいいことだ」と月評で云ったが、緒方としては、告別式場から墓地までの整理を完了したことで、ある落着きを得たのだった。

「お墓を建てるなんて縁起でもない」そう二、三の隣人が云ったと細君から聞かされて、緒方は笑っていた。彼はもともと、そういう縁起はかつがぬ方だった。

「緒方家代々之墓」は地下が唐戸になって居り、相当数の骨壺が納められる。未だ一つもそれは入っていないが。

その頃から、緒方の、自分で云う整理癖が、頭をもたげ始めた。彼は身の周りを、何となく片づけ出した。

その緒方の癖が、ここ二、三年来、細君にもうつったようである。

「気短になったり、整理好きになったりするのは、先の長くない証拠ですよ」などと緒方を野次っていた細君が、黙々としてあっちこっちを掻き廻し、物を入れかえたりする。ガラクタやボロはどんどん払い、隣人の役に立つものがあれば持っていって貰う。

（考え始めたらしいな。）

緒方は、かつて細君が緒方に対したように、野次ったりひやかしたりはしない。黙って、気重くそれを眺めているだけだ。

七

茶ノ間に比べ、台所が一段低くなっている。そこの上り下りも、度重なると大儀らしい。台所で立って仕事をし、茶ノ間で坐る、というのも同様困るらしい。それで台所の位置を換え、茶ノ間を椅子式に改めて、動きいいようにした。細君は、働き易くなった、と喜んだ。

もとの台所なる板ノ間は、物置のような場所になった。そこを整頓中、冒頭に書いた通り、洗濯機と組打ちすることになったのである。

緒方の助力で洗濯機の始末をつけ、茶ノ間へ引上げて椅子にかけると、細君はヒジをテーブルにつけた両手で頭を支え、目をつむった。

「あんまりガタガタやるからだよ。休み休みやればいいのに」

ちょっとうなずくようにしたが、やがて、目をつむったまま、

「こんなふうじゃあ、約束守れそうもありませんね」と云った。

「約束？」

「あたしの方が、怪しくなっちゃった」と目をあき、薄笑いした。

「あの約束か」気づくと共に、緒方は少し高調子で、

「冗談じゃない」と云った。

「でも、自信なくなっちゃった」

「自信があろうとなかろうと同じことさ。なに云ってんだ」

緒方は、むッとした顔付になった。

（いくら弱ったからとて、順序が狂うなどという筈があるわけはない。それは問題ない。

しかし……）と緒方は、いらいらしてくる。（俺は、子供がみんな仕上ったから、さアこれからこいつの赤字解消だ、と意気込んでいるのに、本人がこんな調子では鶍《いすか》の嘴《はし》ではないか。ばかばかしい。いや、ばかばかしいより、俺は困るのだ。加害者意識が水量《みずかさ》を増して困るのだ。）

だが考え直して、緒方は調子を改めた。

「しかし、ここ二、三日、顔色もいいし、いくらか肉もついたようだぜ」

「せんだってうちよりは、自分でもいいと思うの。でも、注射や薬をやめたら、また逆戻りかも知れない」

「そう弱気じゃあ、いけないな。元気を出せ、元気を」

そういう緒方を、見返すようにして、細君が云った。

「お父さん」

「なんだ」

「お父さんは、自分のことだと割合落着いているくせに、あたしが工合悪いと、どうしてそう慌てるんですか」

「慌ててなんかいない」と緒方は内心うろたえた。

「慌ててます。ごまかしたって駄目。まア聞いて頂戴。お父さんは、自分が病気をして、死にかかったもんだから、自分のそういうことについては、さんざん考えたんでしょう。ところが、あたしのそういう場合については、全然考えたことがないんです」

「そりゃ君、これまで君は……」

「病気らしい病気もしたことがないから、というんでしょう。だけど、あたしだって、木や石で出来てるわけじゃないんです。生身の人間なのよ。たまには……」

「判った」

緒方は仕方なしの笑いをうかべた。

「確かにそういう傾向はある」

「一口に云えば、身勝手なんですよ」

「うんまア、そういうふしもあるだろう」

「全面後退ね」と笑い出した。

「実際のところ、自分で病気をする方が、気が楽だね。わしは病気のヴェテランで結構狡いから、適当にあやなす自信がある。だけど、君なんか素人だから、こっちは気がもめるんだ。第一、自分の身体でないから、様子が判らなくて困るんだ」

「あたしだって身体は大事ですよ」

「とにかく気をつけてくれ。そして、大いに元気で、約束を果してくれるんだね」

「承知しました」

「それでよし」と云ったが、緒方はやっぱり自分の方が身勝手なんだ、と苦っぽく考えた。

狸の説

一

東京大田区の、旧式呼称で新井宿に住む古本屋の関本良三が、大崎五郎未亡人から、今戸焼の狸を貰ったというハガキをよこした。その端に、

　置物の狸が化かす夜半の秋　　瘦軒

としてある。関本君は、瘦せて背の高い四十何歳の人である。

私はそれによって、油然という古風な形容詞をそのままに、いろんな想いが湧き上るのを覚えた。

二尺か二尺五寸位の、笠を背負い、片手に通帳、片手に㊇としるしのついた徳利をぶらさげた焼物の狸が、大崎五郎邸の玄関わきに、確かにいた。あれが関本君に背負われて、新井宿まで行ったのか。それにしても「置物の狸が化かす」とは、いったいどういうことだろう、関本のやつ、また何かしくじって、細君にとっちめられたかな――私は、

何かを嗅ぎ出そうとはっきり思ったわけでもないが、その簡単なハガキの裏表を、二、三べんひっくり返してみた。

二

今から十年以上前――正確には、昭和三十年の三月三日、私は狸の肉を喰ったことがある。

四つ足を縛られて庭の梅の木にぶら下げられた狸を料理し、何人かでそれを喰った次第は『燧山《ひうちやま》の狸』という題で、本誌〔『小説新潮』〕の三十年五月号に詳しく書いたから、繰り返しても仕方がない。ただ、どういうわけでそういうことになったかを、極めて簡単に説明したい。それでないと、先へ進めないので。

当時伊東に住み、東京に研究所をもっていた外山雲海という書家が、伊東には狸が居て、自分は時々奴に化かされるのだ、という話をする。外山氏は私に先という恰好の碁敵で、東京と伊東を往復する途中、よく私方に寄った。私方が、丁度その真中辺に位するからである。

碁では閉口しないが、狸に化かされた、などと云われると私は困るのである。初めは勿論冗談だと思ったから、へえ、そうですか、面白いんですね、などと云っていると、外山氏が躍起となって、これはホントのことなんだ、とひどく厳しゅくな顔つきをする。

そうなると私としては全く挨拶のしようがないのだ。

(雲海さんは、碁の形勢が悪いものだから、変なことを云い出してこっちを混乱に陥れるつもりなのかな。つまり盤外策戦というやつだろうか。)

何と云われたって私には、狸が人を化かすとは思うことができないのだ。そういう断乎たるこっちの信念をまるで無視して、いつどこでどんなふうに自分が化かされたか、ということをいやに熱心に話す外山氏こそが、私には「たぬき」のように思われてくるのだった。

(こいつは油断がならない。狸は人を化かさぬが、人は人をだます。雲海居士め、俺をハメ手にひっかけるつもりか。)

私はいつか盤上にこごみ込んだ身を起し、上辺下辺と広く盤面を見渡す。とかく一局部に気をとられ、全体のバランスを失するのがわれわれ素人碁打ちの通弊なのだ。そういうことに気がついていち早く用心した私が、狸は人を化かすという説をしゃべりまくる雲海氏を敗かしたのは当然であろう。

大石をとられて投了した雲海さんは、その余憤を思いがけない方へ向けた。

「僕は、自分の経験を大崎五郎さんにも話したんです。彼はそれを材料に小説を書きましたが、僕はそれが気に入らないんだ」

「どうしてですか」

「御承知の通り僕の家は、山寄りでしょう。あれからもっと下の松月院あたりへかけて、狸が出没することに間違いはないのです。僕は酒を飲んで夜遅く帰ることが多いので、しばしば怪しい目に逢っているんです。それを五郎さんは、僕の酒の上の勘違いと解釈している。犬を狸と見間違えたのだ、と云わんばかりに書いている。化かされたと思ったのは、アルコールによる幻想だろう、と疑ってるんです。そうじゃない、あの辺には確かに狸が居る。僕が化かされかかったのは、正真正銘のことなんだ。僕は何とかしてその証拠を五郎さんにつきつけてやりたい」

「証拠があれば、信じないわけにはいかんでしょうね。で、五郎さんに話したというあなたの経験談は？」

「それは、ですね」

外山雲海氏は、第二局目の第一石を打つのも忘れたふうに、もともと大きい目をさらに大きくして、手振り身振りで話す。

――ある夜遅く自宅に帰ろうとして松月院の門前にさしかかると、小柄な女が坂道の傍にうずくまり、どうやら泣いているような様子なので、どうしたのですかと声をかけると、女はふッと顔を上げ、にっこり笑うと共に、何でもありませんと云って矢庭に雑木林へ駆け込んだ。その速いことは呆れるばかり、路のない林の中を、木ノ葉の音一つさせず、すうッと宙に浮くように進んで、忽ち見えなくなった、——という。

それからまた、あるとき誰も居ないと思ってある宿の浴室へ入ると、若い女が赤ん坊を抱いてすうッと窓から出ていった。驚いて見ていると、女は向うの小川の丸木橋をさッと渡って、忽ち見えなくなった。その丸木橋というのは、とても人間の足では渡れない細い橋なので、あれをあんなに鮮やかに渡るというのは人間わざではない、狸にきまっている、と外山氏は真剣な表情だ。

「はア。……しかし、人間に渡れないような丸木橋が、どうしてその小川にかかっているんでしょう。無意味だと思いますが——」

「いや、それはね、とにかく細い丸木橋なんですよ」

「そうですか」

「では、星打ちといくか。今度は敗けませんぞ」

外山氏は音高く第一石を打ちおろした。

そういうことがあって、約半年ののち、私は外山氏から、タイプライターで打った長文の速達封書を受取った。それには「狸汁を試食する会の御案内」と題がしてあって、来る三月三日、伊東のこれこれの旅館で、伊東でとれた狸をいろいろに料理して試食したいから、万障さしくり参会せよ、という趣旨のものだった。十人ほどの招待客の名が列挙されて居り、その中には勿論大崎五郎の名も入っていた。

さきにも述べた通り、試食の様子は『燧山の狸』に詳しく書いたから一切省くが、確かにそれは狸の肉だった。三日前に、伊東の奥地の燧山で獲れた成長した雄狸で、血を抜いて旅館の大冷蔵庫に保存し、われわれの到着を待った。

ところが、肝腎の大崎五郎が不参であった。案内状に「私は伊東に住むこと十年、名利松月院のほとりで狸に化かされたことがあり、その時の事を大崎五郎さんが小説に書きました。が、あまり信用されずに一笑に付されているようなわけでした。第一、狸が生存することすら疑われて居りました」などと書き込んで、そのことをひどく根に持っている雲海氏にとって、大崎五郎の不参は甚だ心外だったらしく、大いに不服づらである。そこで、集った五、六人の者、特に私が一分四什を確認し、大崎五郎の蒙を啓《ひら》いてやるから、となだめて、彼には機嫌を直して貰ったような次第である。

狸は形のままで旅館の庭の梅の木につるされ、一同によく見られてから、リノリュームを敷いたピンポン台の上で解剖された。旅館の、腕の立つ料理人も、狸の解体は未経験とのことで、参会者の一人である外科医が執刀した。だから、その夜われわれの喰った肉が、外山雲海氏の依頼によって、伊東の奥の、開拓団地の人の手で捕えられた狸の肉であることには間違いない。いろんなふうに料理されていたが、総じて臭かった。雲海氏には済まないような気もするが、好んで喰うべきものとは思えない。もっとも、狸の肉のうまいまずいは、この際彼にとってどうでもいいことだったろう。

三

大崎五郎は、私の証言によって、伊東に狸の居ることは信じた。だが、外山雲海氏がそれに化かされたということまで信用する気は無いようだった。

「狸がそこに居ることと、そいつが化かすこととは直結せぬ」

あるいは、

「狸に化かされたのではなく、雲海は自分自身に化かされたのであろう」

大崎五郎はそんな意見を吐いた。やがてまた碁を打ちに来た雲海氏にそのままを伝えると、

「五郎さんも相変らず頑迷だな」と、彼は苦い顔をした。

その大崎五郎邸の玄関わきに、今戸焼の大狸が控えるようになったのはいつ頃のこと

だったか、私にははっきりした覚えがない。大崎五郎は昭和十九年十月、東京大井出《いずる》石《いし》から、伊東に疎開し、戦後の二十九年三月、大森山王の現住所へ移るまでの約十年間をそこに居た。外山雲海も「伊東に住むこと十年」と三十年に云っているのだから、大崎、外山両人は、共に酒好きでもあり、結構つき合っていたわけである。

その間に外山氏は狸に化かされ、その話を聞かされた大崎五郎が一向信じようとしなかったのである。「五郎さんも頑迷だな」と、嚙んで吐き出すように云う雲海氏の気持も判らぬのではない。

二十九年に東京へ出た大崎五郎は、旧友の実業家水木柳軒と私とを誘って、小さな随筆雑誌『風報』というのを創刊した。七月に第一号を出した。それに刺戟されたらしく、外山雲海も、十人ほどの仲間を語らい一と月遅れて「書道考」のちに「墨のらくがき」という小雑誌を出し始めた。

大崎邸へ今戸焼の大狸を持込んだのは、外山雲海ではなくて（これが雲海氏だったら話は多少複雑になるところだが）、雲海氏と同姓の、外山直という老実業家であった。

この外山直氏は、運輸会社の社長（当時）だったが、非常な随筆好きで、『風報』が出ると、忽ち直接読者になってくれた。それのみか、読者をつぎつぎと紹介してくれて、その数は百人以上に達した。

外山直とは、大崎五郎も私も全く未知の間柄だったが、『風報』三同人のうちの水木柳軒だけは、外山氏とつながりのあることがやがて判った。外山氏の会社が、水木の会社の荷物を運送していたのである。市販しない小雑誌の存在を、外山氏が知ったのは、そういう関係からだった。

したがって、焼物の狸が五郎邸の玄関わきに乗り込んだのは、早くても二十九年七月以後ということになる。だが、私はいつの間にか狸がそこに居ることを認めてしまっていたのだ。

直氏が、雲海氏と五郎との間に、狸によるもやもやがあるのを知っていたとは思えない。両外山は、逢ったこともないのだ。

それにしても、外山というと、大崎五郎をはさんで狸につながりのあるのが不思議と云えば不思議である。

(外山直社長は、やがて会長になり、現在は相談役ということで、現役を退いているが、八十歳に近いのに、随筆は時々書いている。著書も、すでに十冊近く出している。何年か前、金時《きんとき》山へ登るつもりだ、と私に云うので、それはお止しになった方がいいでしょう、うちの長男がいつか登って、アゴを出したそうです、七十を越えておいでては無理じゃありませんか——この私の忠言が気に入らなかったらしく、何日か経った夕方、突然御殿場線沿いの私方へ車で外山氏が現われた。見ると、立派な背広がところどころよごれて居り、靴は泥だらけだ。どうなさいました、というと、本日金時山へ登って参りました、と手にした帳面を私の目の前につき出して、これが頂上の印です、お確かめ下さい、と云った。

それは大変だったでしょう、一寸お休みになっていらっしゃい、お茶でも淹《い》れさせましょうというと、いやなに、金時山登頂の御報告にちょっと立寄らせて頂いたまでです、さよなら——玄関先からそのまま帰っていった。私は山妻と顔を見合せて、言葉も無かった。

あとで外山氏から詳細をきいた。車で近寄れる所迄行き、あとは一人で登った。運転手には、二時間経って帰らなかったら見に来い、と云いつけた。滑ったり転んだりしながら、ついに頑張って頂上に登った。氏が金時山登頂を志したのは、一人山頂に居る、いわゆる金時娘のけなげさをほめてやりたいからだったという。ところが行ってみると、有名になったせいか、態度がいささか生意気である、そこで、ほうびにやるつもりで持っていった写真機その他の品物を、丁度北面から登ってきた若いアベックにやってしまった。その点、志とたがうものがあったが、とにかく金時山の頂上に登ったというのは会心事であった。但し、足を痛めて、あれから一ヶ月ほど休んだ——そういうことだった。

私の長男の云うところでは、金時山は、南側からの登りはつらく、北側からなら大変楽なのだそうだ。長男はそれを承知で南側から登ったので、連れの中にはアゴを出した者も居たそうだ。外山氏は、北側と南側の難易は知らなかったのだろう。あの御老体があすこを登るなんて無茶ですよ、と長男は呆れ顔をした。

金時山は、私方から西方、足柄山の一角に、黒くもり上った姿を見せている。その当座は、この山が目に入るたび、外山直氏の豪毅ぶりを憶い出したものだ。

この外山氏については、いろいろ書くこともあるが、わき道に外れることになるので、ここには措く。）

四

大崎五郎は、伊東在住中の昭和二十三年に、彼として運命的な二つの重大事に出会った。

「竜児よ。この日記のような、手紙のような、考えようによっては小説でもあれば記録でもあるような文章は、お前が成長して一人前の男になり、もし、そのとき彼女たちが生きていたとしたら、お前の母と姉をお前が少しでも憐れんでやったり、感謝したりすることのできる年齢に達したときに読ませようと思って書き綴っておくものである。

お前が生れたのは昭和二十三年（一九四八）五月九日であった。父も母もお前の生れることを予期していなかった。それは十六年間、二人のあいだには子供の生れるような何の兆しもなく過してきたからである。（略）お前が生れるときの、一種の奇跡的ともいうべき、雰囲気と状態については、この覚え書のどこかの頁に、もっとくわしく書くときがあろうと思うが、私たちにとってお前こそは天からさずかった子供であった。

五月八日は金環蝕で、お前の生れたのは九日の午前三時である。その前の晩、お前のお母さんが、金色の猫が胎中に入るという夢を見た。このお伽ばなしのような出来事も、お前が立派に成長したときには楽しい伝説の一つになるであろう。お前はその話を、お前の母と姉から、もっとこまごまときくがいい。金環蝕は陰の極で、秒後は陽の始めというのだから、お前は陰が極まって、陽に移ろうとするとき呱々《ここ》の声をあげたのだ。

お父さんはそのとき敗戦の余波をうけて追放され、文筆業者として自由に活動する機会を封じられていた。自然の運行も陰の極であったが、お父さんの生活もまた陰の極であった。正しい意味においてお父さんの三十年にわたる文学的生涯は此処に幕をとじたということにもなろう。お父さんの業績はすべて文学史の外へ置き忘れられねばならぬような結果になってしまったのだ。そういう環境がいかにもどかしく、悲しく、憤ろしいものであるかということを、お前は充分理解するであろう。（略）」

右は、大崎五郎の死後発見された手記の一節だが、ここに見る通り、彼はこの年四月、公職追放仮指定ということになって、悲憤のただ中にいるとき、月を越えると直ぐ、生涯恵まれまいとあきらめていた男児を得たのだった。

「お前がひょっこり生れ出たことによって、運命的な感情に支配されていたお父さんの生活は急に生き甲斐のあるものに変ってきた。お父さんがお前のために生きるのではない。お父さんはお前によって生きる道をひらいたのだ。」

同じ手記で大崎五郎はそう云っている。

五郎や私より若い作家で、敗戦を堺に大活躍を始めた高口慢吾は、この追放令を不当とし、同志を糾合して異議申立てを計った。私も一文を草したが、控えがないのでどんなことを書いたか今は判らない。だがそんなことも効なく、五郎の追放は昭和二十五年十月まで解けなかった。

敗戦をまたぐ何年間は、酒好きであった大崎五郎にとって、私などよりも（私は当時病気で、酒類は一切必要としなかった）一層やりきれぬ期間だったろう。外山雲海もまた同様で、二人は、伊東中の薬局や医院のクミチンキを飲み尽した、という。このことは、五郎、雲海両人から直接聞いたのだが、まさか、という気持もないのではない。

追放令による悲憤憂悶、それをまぎらすべき酒も不十分という五郎にとって、嫡男竜児の誕生がどんなものだったかは容易に想像ができる。私は、五月九日、五郎からの「オトコウマレタ」という電報に接すると直ぐ返電をした。「トウカイニオノコウマレテサツキバレ」

五

大崎竜児は今十八歳、早稲田高等学院の三年生である。彼が父親五郎の母校早稲田の学院を受験したのは、三十九年二月十八日だった。

「受験が十八日で、発表が二十五日か。ふうむ」

二月に入ると、すでに運命を見極めたらしい五郎は、天井を向いたままつぶやいた。

「一年や二年落第したって、何のこともないさ」と、私は気づかわしげに父親の顔を見ている竜児君に向かっていったが、それは五郎への云いかけでもあった。彼は、命あるうちに、一人息子の、早稲田入学を確認したいのだ。彼の口からそんなことは一度もきかなかったが、よく判った。

二月十八日午後、私は彼の側に居た。病床の向う側には夫人がいた。入歯を外したため落ちくぼんだ口唇を動かして、五郎がかすかに何か云った。私には判らなかったが、夫人には判った。

「岡島さんや関本さんは食堂にいます。あの人たちには天ドンを注文してありますから――」

そういうと、五郎は、意を得た、というふうにうなずいた。

やがて、病室の襖があいて、竜児君が入ってきた。

「どうだった？」

夫人が直ぐ云った。

「うん……何だか判んないけど――駄目らしいや」

「駄目って――そんなに出来なかったの？」

「自信ないよ」

夫人は口をつぐんだ。

「人数が多いったって、そんなに出来る奴ばかりじゃないさ」と私は竜児君に向いて云った。夫人は何も云わなかった。五郎も口を動かさなかった。

竜児君の帰宅を堺に、五郎の容態は急変した。翌十九日になると間もなく、彼は静かに息をひきとった。

と、向うの方で、ラッパの音がした。竜児君が力かぎり吹いたのだった。竜児君のやり切れなさ、それに抵抗しようとするけなげさに胸を打たれた。

庭に雪が音もなく降り、いくらか積っていた。


四十一年夏のある午後、小田原在の私方へ竜児君が突然やってきた。

「あれッ。どうしたの竜児ちゃん！」

「こんちはア」

「こんちはじゃないわ、その恰好！」

「自転車で走っているうち、ここまで来ちゃったんです」

「自転車で？　東京から？」

「そう」

「あアらまア！」

そういう会話が筒抜けなので、私も玄関へ出ていった。

「ごらんなさいよ、この恰好！　きなこ餅そっくり」

山妻のいう通り、身体中に砂ほこりをかぶった竜児君は、きなこ餅そのままだ。汗を掻いた上に厚くほこりをかぶっているから、顔なぞ奇怪なまだら模様になり、見定めなければ人相も判らぬほどだ。

大急ぎで湯をわかし、行水させた。有り合せのものを食べさせた。その上で、私の寝室のベッドで仮睡させた。

一方、東京の大崎未亡人に電話した。彼女は、息子が自転車で出掛けたことは知っていたが、まさか小田原までとは夢にも思わなかったそうで、驚倒といった有様だった。

「とてもお元気です。ご安心下さい。ほんとにエライと思いますわ。今夜うちへ泊るか、でなかったら自転車を置いて汽車で帰ったら、と申したんですけど、やっぱり自転車で帰るって頑張るんです。それで、今休ませているんです。ええ、よく眠ってらっしゃいます。いいえ、どういたしまして、御心配なく。でも、ほんとにおエライと思いますわ。男の児さんですねエ」

山妻は興奮していて、電話の声が大きい。

「少し静かにしろ。竜児君が眠れないぞ」と小言を云ったが、私も実のところ少し興奮していた。大崎五郎がこんな竜児を見たらどんなに喜ぶことか――。

二時間ほどして、竜児君は帰途についた。山妻が、握り飯をつくって持たせようとしたら、何でも売ってますから、と断わって、元気にでかけた。

門口まで送った山妻が戻ってきて、

「変な自転車なんですよ。頭を下げて、お尻を上げて――それで坂をどんどんくだっていきました」と云った。

「そりゃ競走用のだろう」現物は見ないが、多分そうだろうと思った。

六

大崎五郎が発病入院したのは、三十六年六月二十一日だ。悪性腫瘍ときいて、どきっとしたが、見舞に行った私は平気な顔で、

「わしは、病人なんかに特別の同情はしないんだ。何しろこっちはその方のヴェテランなんだから」なぞと云った。

その場に居合せた『風報』の編集員である岡島幸吉から、「あんな見舞人てのは見たことがありませんよ」と、あとで非難がましく云われたが。

『風報』を、百号でやめようという肚は、大崎五郎の発病をきくと共に決った。水木も大崎も、私の動議に賛成した。もともとこの雑誌は、三同人のうち誰かが病気になるか死ぬかしたら直ちにやめる、という黙契のもとに出発したのだから、これが当然の帰結

だったのだ。

翌三十七年十月号が第百号になり、予告通りそれで廃刊した。今から満四年前のことになる。（この稿を書いているのは、四十一年十月末である。）

古本屋の関本良三と私とは、この『風報』を通して知り合いになった。『古書通信』という業界誌で、「正宗白鳥訪問記」という関本の随筆を読み、面白いので関係者の了解を得て、それを『風報』に転載した。

『風報』編集員の岡島幸吉と関本とは直ぐ仲良しになり、両方共大崎五郎邸に近く住むため、打揃ってよく大崎邸へ現われた。私方へも来るようになった。似たような年恰好で、その上共に酒好き、しかも両々相譲らぬ能弁家だから、忽ち騒々しいコンビが出来上った。

特に口の滑りのいい関本は、それが災いのもとになって、ときどき細君にとっちめられる。それに尾ひれをつけて「口の滑り」という滑稽談を、三十八年十二月の本誌に私は書いたことがある。そいつがまたテレビ化されて（しかも岡島幸吉の脚色によってである！）、関本夫人には一層の迷惑をかけたという余談もあるが、それらは措いて、この関本良三が、大崎五郎を追悼して書いた一文には心を打たれた。その文章は、『中央公論』誌が、三十九年五月号の巻末に、大崎五郎を追悼する意味で『風報』第百一号というのを特別付録としてつけてくれた、それに載っている。題は「最後の電話」という。関本君の家は、あまり大きくないので（小さくもないが、店にスペースをとられている）、夜中に細君のゆばりの音がきこえる。彼は、金殿玉楼に住んでいてはそんな音も聞けまい、バラック住まいもいいものだ、と思う。「私は文学というものはよく判りませんが、その夜にかぎり、女房のゆばりの音は、哀切極まりない響きとなって聞えました。先生、女房のゆばりの音と文学とを結びつけてはおかしいでしょうか。私はその時一句浮かんだのです」と大崎五郎の病床を見舞った関本が云う。彼は大崎が病みやつれながらも、一向に弱ったような顔をせず、冗談など云っているのに敬服しているのだ。大崎は、痛々しい様子なのに、例のような調子で「何か面白い話はないか」というので、女房のゆばりのことを持ち出したのである。

　大崎五郎は、俳句ときくと、いたずらっぽい目つきになり、心もち首をあげるようにして関本を見た。彼は、ちょっと抑揚をつけて、「女房のゆばりの音や秋深し」と云った。

　同じ日の夜十時頃、関本に電話がかかった。

「モシ、モシ、大崎だ」と云うので、関本は耳を疑った。あんなに衰えている人から、今頃電話などかかる筈はない、と思った。元気な頃は、おい関本君、俺の浪花節をきいてくれと、一席うなったものだが、今の声は地の底へ消え入るような、まるで力のない声なのである。

「どなたですか？」と訊き返すと、

「大崎だ、大崎だよ」

「あッ、先生でしたか。何か起りましたか」

「何も起りゃせん。君にききたいことがあってな。今日、君がおれの枕もとで、ホラ、あのう、『女房の……』という句、あの下の句をちょっと教えてくれ」

関本良三は大声で笑い出した。ところが大崎五郎は笑わない。関本は、一人で笑っているうち、いつか自分の笑いが、作り笑いになっているのに気づいた。

彼は細君に気づかれぬよう、そっと下《しも》の句を告げた。

「有難う」と電話は切れた。その時の、何とも云えず侘しい大崎五郎の声が関本の耳にいまも残っている——

概略そんなことが書いてあるのだが、当人の文章をそのまま読んで貰わねば、一文に漂うわびしさの本当のところは判ってもらえないと思う。

関本良三の長男と大崎五郎の遺児竜児君とは、小学校、中学校とずっと同級生だった。竜児君が早稲田の学院に入ると共に関本君の長男は、公立高校に入った。この子は、成績優秀である。大学進学にも苦労はないだろう。

七

関本良三から二枚目のハガキが来た。それには、前便より、ややくわしく書いてある。

「大崎先生の奥さんが私に下さるという置物の大狸を風呂敷に包んで背負いますと、奥さんは別れを惜しまれてか、狸の頭を撫でながら、——お前、関本さんの所へ行っても、大酒を飲んで悪酔いなんかするのではありませんよ、と云われました。それを聞いて私もなんだかホロリとしました。漸く家まで運んで店の隅に置いて、リンドウやススキやカラスウリで囲ってやり、女房と二人で、こりゃホントにいい狸だわいと喜んでいたのですが、店を閉めてから狸のぶら下げている㊇と書いた徳利を見ている内に気持が可笑しくなり、三十分ほどで帰るからと家を出たのがそもそもの間違い、とうとう明け方になってしまいました。酔って帰って、狸の前にしゃがんでいるうちに、やっぱりこいつが俺を化かしたのだと思えてきた、という次第であります。草々」

（そこで、置物の狸が化かす夜半の秋、か）私は苦笑と共に肚の中でつぶやいた。関本の奴、これからはきっと、都合の悪いことは何でも狸のせいにするだろう、ひどい奴だ、つづいてそう考えると、今度は可笑しくなった。

（まてよ、関本のハガキによると、大崎未亡人が狸の頭を撫でて大酒飲むな、と誡《いまし》めたそうだ、してみると、外山雲海の化狸説に対してはあれほど拒否的だった大崎五郎自身が、ときには、あの今戸焼に化かされたふりをして、夫人に迷惑をかけたことがあるのかも知れない。夫人としたら、狸に化かされても何でも、五郎が居てくれた方がいいにきまっている。関本良三が思わずホロリとしたのも、未亡人のそんな気持を素早く感じとったからのことだろう……。）

さらにそんなことを考えると、私は、自分をも含めて、誰も彼もが、何ものかに化かされているのではないかという気がしてきた。

私はこれを書くについて、机のわきに『風報』全百冊の大揃いを置いている。関本良三の好意で、それは厚紙に帆布張りの帙《ちつ》入りになっている。百冊というものを一と月も休まず出しつづけた。いい齢をした男三人が、一文にもならぬどころか、相当に持出し乍らそんなことに八年何ケ月も熱中した。

今となっては、バカバカしいと思っているのか、と云えば決してそうではない。その反対だ。愉《たの》しかった。思いかえせば、いつでも愉しい。

そんな小雑誌のことはどうでもいいとして、誰も彼もが、そもそも生あるかぎり、何かに化かされているのではないか、という気持がしきりとする。いや、化かされていることが、即ち生きていることなのかも知れない、そして、化かす奴の正体は、人間には皆目判らない、――そんなことが思われてならないのだ。

片づけごと

一

——子供の整理整頓もほぼ完了したので、これからはほかのものの整理にとりかかる。片っぱしから整理してゆく。書庫に押し込まれた古本や古雑誌の整理。古手紙、古写真の整理。父親から遺された古い書付類の整理。とっつき易いものから先ず始めることだ。それらと並行に、頭の中では、長い間つつき廻しても一向らちあかぬ考えの整理も進めよう。この整理の進むことは、とりも直さず文章の仕事の進むことだが、云うまでもなくこれが最大の難物だ——

そんなことを考え、作品の中でも記したのは、もう五年も前のことだが、志す通りにはゆかぬものだ。こと志と違《たが》う、というのはぐずで怠け者の私としては常のことなので、自ら許している点もありそうだ。しかし、そういう変哲もないことをわざわざ作品の中で書く気になったのは、その時点で、長年の怠け癖を振り切ってやろうという、私なりの意気込みによるものだった。

その時分、私は六十三、四という齢だったが、敏感な方とひとから云われ、自分もそう思っていた耳の聞きとりが衰え、もの覚えの悪くなったのを自認せざるを得なくなった、つまり老化現象がはっきりしてきたことで、狼狽すると共に、諸事ピッチを挙げなければ、と痛感したのである。尻に火がついたから駈け出した、というところだが、それがなかなか思うようにはいかない。

二

古写真の整理は家人の受持と決めたが、任せっきりというわけにはいかぬ。明治、大正はもとより、昭和初期のでも家人には判らぬものが続出するので、一々私が首実検をせねばならない。私にも判らぬものがたまには出て来て、判るまでは気がかりの種になる。私自身にさえかかわりの薄くなった昔の人々、ましてや子供、孫にとっては何者でもない人の写真など焼き捨てた方がさっぱりするだろうと思ったりする。しかし、まだその処置はとっていない。明治時代の写真で、私には不要だったのが、他家から「先代のです」「先々代の珍しい写真」などと喜ばれたことが三度もある。そんなことを気にしていたらキリがない、とも思うが。

古手紙やハガキの類は、仲間に比べると私方には多いのだろうと思う。殊に戦後はそうだ。それは、田舎住いも二十四年になり、しかも病気がちで友人知人と逢う機《おり》が少く、その上長い間電話が無かったことなどによると思う。

　これは家人を助手に、ぼつぼつ整理をすすめて、現在半分位に及んだ。整理をすると、五分の一ぐらいに減るので結構さっぱりする。この仕事の進行には、故人の便りを活字にする企ての多いことが与《あずか》っている。来年（昭和四十四年）中には四年前に亡くなったS・Oのも出版されるそうで、私方の古手紙整理は一層捗るだろう。S・Oからの便りは何十通とある筈だ。

　本はいくらも無いが、長い間には、買ったり贈られたりで書庫からはみ出し、廊下や客間にまで侵入した。三年前、裏の方にコンクリートづくりの小さな物置きを建て、そこへ大分つめ込んだが、家の中の状況はさして変っていない。思い切って古本屋に渡そうかとも思うが、それには整理が必要で、なかなか手がつかない。本はまとまると重いから厄介である。以前は、本の重さなぞ、気にするどころか、愉しいことの一つだったのに。

　新聞、雑誌の切抜が大量に溜った。

　困ったのは、それらが内容の如何にかかわりなく、次から次と積み溜めになっていることだった。自作小説の切抜は別にしてあって、本にまとめる場合も簡単だったが、随筆・感想のたぐいはそういかなかった。ほかの切抜とごちゃ交ぜになっているのだ。

ほかの切抜という中には、自分の職業たる文芸に関するもの以外、種々雑多なのが入っている。新聞何種類の上に、雑誌や週刊誌からも切取るので、見ただけでうんざりするほどの量になった。

「ひと思いに焼いてしまうか」

「でも、折角切抜いたのに……」

「君には、不要なものをとっておくという悪癖があっていけない。女は大体そうらしいが、戦中戦後の耐乏生活で一層それが募ったようだ。もう時世は変ったんだぜ」

「ですからこの頃は、どんどん屑屋さんに出したり、捨てたり、欲しい人があればあげたりしているんです。この切抜は、あたしのせいじゃあ、ありませんよ」

家人は、心外なという顔で抗弁する。

云われてみればその通りで、時世の変りもさとったらしく、またここ何年来、整理整理とうるさく云う私に共感する面もあって、古物を大事そうにとっておく傾向は目に見えて薄れた。切抜の山に癇癪《かんしゃく》を起した私の云い過ぎだったようだ。

「これは確かに君のせいじゃないが……困ったな」

「手分けしてやりましょうか」

「駄目だね。俺なら題を見ただけで部門分け出来るが、君にはそういかないだろう」

「じゃあ、焼いてしまいますか」

「ところが焼くわけにはいかない。俺の書いたものが交っているのだ」

そんなことで、暫くほっておくうち、是非とも手をつけざるを得ぬことになった。随筆・感想集が出ることになったのだ。

東京の知人の息子の大学生を、アルバイトに頼んだ。何年振りかに随筆集が出るということで、私も切抜整理に張りを覚え、仕事は順調に進んだ。その大学生に三泊四日、代って大学生の父親に二泊三日手つだって貰い、大体の整理はついた。切抜の山は、三分の一ぐらいに減った。自分の随筆なぞも、本一冊分は十分にあった。かねて手を焼いていた切抜の整理が、本の出版というきっかけから一挙に片づいて、まことにさっぱりした。

「先生の切抜は、文学部門より、科学とか生物学とかの方が多いですね。どういうわけですか」

「どういうわけと云われても困るけど……そういう方面で無学文盲だからじゃないか

な」

「なるほど」

古本屋の主人である五十位のその人は云ったが、つづいて、

「今後のは、初めから部門分けになさるべきですね。普通誰でもそうなんじゃないですか」

「僕が不精なんだ」

「本当は部門分けに、スクラップ・ブックに貼って、索引をつけておくべきでしょう」

「そうだろうね」

「あんなにごちゃごちゃになっていたんじゃあ、利用価値はありませんよ」

「御説の通りです」

いちいちもっともだが俺にはできそうもない、と思った。

三

片づけごとの予定に入っていながら、何となく手をつけかねているのが、古い書付類であった。

私の家はずっと昔から神職をやっていたので、書付と云えば神社に関するものが大部

分を占めている。しかし、それも少ししか残っていない。明治初年の火災で多くを失い、大正十二年の大震災でまた減らした。ほぼ百年前の火災は失火だったが、自分の家を焼いただけで近所に迷惑はかけなかった。火が移るほどの近さに、家はなかった。大震災では、明治初期の火災後再建した萱《かや》ぶきの、社務所兼用の家が全壊した。それだけならよかったのだが、災後雨が降ったため、書物、書画、書付の類が、多く水びたしになった。それらの疵物《きずもの》を、畠に持出し、何日かかかって焼いた覚えがある。命が助かったので、そんなものに余り執着を感じなかった。

少し残った書付類は、箱にほうり込んで長い間物置においた。

戦後四、五年の頃、取り出してみたら、大分と虫に喰われていた。三、四日虫干しをしたのち、元通り箱に入れた。

それをまた取り出してみたのは、さらに十何年経った去年のことである。

また虫穴だらけになっていた。だが、紙の質によるのか、場所によってか、そうひどくないのもあった。それらはざっと読んでみたが、昔の字を読む力に乏しい私には、大意しか判らぬのが多かった。

虫穴だらけのは陽に干して、前のようにしまい込んだ。虫の喰った字を判読するのは大儀なので、敬遠した。

読めるものの中には、天正、慶長、元和、貞享、享保、延享と、いろいろの日づけのがある。それらはいずれも職業に関するものだが、私は読んで、余り面白くなかった。むしろ、厭な感じを受けたと云っていい。

それらの文書の多くは、微々たる田舎神主の処世の辛さをはっきりと示していた。例えば貞享三丙寅年正月づけ奉書の書付は、これこれのものを着て宜しい、という許可証で、油小路という公卿（だろうと思う）から、宗我大明神神主宗我播磨に与えたものである。その油小路という署名が大きく上の方に書かれ、宗我播磨殿と下の端に小さく書いてある。

同じく貞享四丁卯年五月二十九日づけで、「御領主御国替御引移に付書上」というものが、尾崎播磨から「寺社御奉行所」あてに出されている。うちにあるのはその控えである。

貞享四年は西紀一六八七年で、この年、小田原城主が代った。後北条の五代目氏直が豊臣秀吉に征伐されたのは天正十八年（西紀一五九〇）で、以後関八州は徳川家康に任され、麾下《きか》の大久保忠世が小田原城に入った。のち大久保氏（二代目）は不都合のかどあって徳川幕府から国替を命ぜられ、あとへ稲葉氏が入った。この稲葉氏が三代を経たとき、また大久保が戻ってきた。それが貞享四年のことである。

またも城主が代ると見るや、神官尾崎播磨（宗我播磨と同一人。宗我は姓、尾崎が氏）は大急ぎで、以前と変らぬ神社の安泰を願い出た。大判紙五枚に綿々と書かれた願いの筋は、これほど卑屈にならなくても、と私に苦々しい思いをさせる。

この願い書には、大よそ次のような意味が記されている。

――当御城の丑寅《うしとら》の方曽我山中の鎮守四社合社の内、小沢大明神を小田原城日之少宮祭収（？）と称し来候次第は、当御城普請の初発大森信濃守頼明侯応永二乙亥年（西紀一三九五）三月縄張の砌《みぎり》、当御社へ普請成就の祈願これ有、すでに成就の後同十一月中社参、絵馬一面奉納せられ（略）――

そんなふうに、小田原城は最初から本神社と縁が深く、つづく早雲以下の北条氏も、さらには大久保氏、稲葉氏に至るまで、すべて本神社に厚い崇敬の心を示してきた、だから「何卒今般御国替に付いては、御前代の御由緒を以って私家職冥加のため御祈願相勤申上奉りたく候故此段偏に宜敷御伝済（？）の程奉願上候」

お上《かみ》を相手だから仕方がないのだろうとは思う。しかし、大森、北条、大久保、稲葉の各代々の名前を挙げ、何年から何年までと各人の治世年数を算え、その間にはどうしてくれたこうしてくれたと述べ立てて、ひたすら家職の安泰を願っているのだ。天正十一未年（西紀一五八三）六月二十五日づけの文書にはちょっと興味を惹かれた。

「一×（この字不明）時にては候得共来ル晦日之夜前〻《まえまえ》之通日之少宮祭御《お》祓《はらい》修行宜敷頼入候如件」

そして、松田六郎左衛門、山角四郎大夫と並べて署名し丸い大きな印が捺してある。神主宗我播磨守殿という宛名が、珍しく松田、山角両人より上に位置している。

小田原勢が筆頭家老松田憲秀の徳川方への内通に端を発して戦意を失い、氏直が城を出て降を乞うたのは天正十八年七月五日だから、前掲の文書は、北条五代没落の丁度七年前のものだ。

この松田、山角両家のことは、史書に出ている。それら古い史書を渉猟《しょうりょう》して書かれた徳富猪一郎の『近世日本国民史』には、松田の不忠ぶりと、山角の勇戦振りとが良い対照をなして描かれている。

松田家は、代々相模の国松田（現在国鉄御殿場線と小田原急行線との接点に当る）を領し、小田原の大森氏に仕えたが、明応年中北条早雲がこれにとって代ると直ぐ、早雲に属し、世々北条氏出頭第一の家老職をつとめた。早雲についたのは松田頼重、秀吉の小田原攻略に際し内通をはかったのはその裔《えい》松田憲秀である。

宗我播磨守あてに「御祓修行宜敷頼入候」と書いたうちの一人は、松田六郎左衛門としてあるが、これが憲秀ではないかと私は思う。宗我大明神が小田原城の裏鬼門に当るため、特に重視され、祭りには家老が代参に来たり、何かあると臨時に修祓させたりしていたのだから、この署名や判を出頭第一の松田憲秀のものと見るのは自然であろう。山角四郎大夫は、天正の役に城に籠って奮戦、しばしば西軍をなやまして武名かくれもない山角定勝であろう。この山角も家老として松田に次ぐ地位にあった。

天正十一年に、修祓のことを神主に命じたりしていた北条の宿老二人も、七年後には、道こそ違え、共にほろんでいるのだ。

四

気の進まぬ古《ふる》書付ひっぱり出しに手をつけたのは、小田原市や箱根町から頼まれごとがあったためである。明治百年に際し、資料展示会をやりたいから、何か出せ、というのであった。

それで、明治初期あたりのもので何か無いか、と捜す気になった。その時分のものも何点か出てきたが（これについては、余裕があったらあとで触れたい）、天正時分のものに興味をもったのは、出品の依頼状をよこした知人の郷土史家M・T氏が、二度目か三度目に来たとき、前掲の書付を見て、

「あ、この反逆人の松田、これの末裔になってるんですよ、私のところは」と、微笑と

も苦笑ともつかぬものをうかべたのが誘因となっている。

「自分の知ったことではないのですが、やっぱり気色が良くないですね」と彼は云った。私なぞと違って郷土史に深入りしているM・T氏なら、自然とそういうこだわりを持つようにもなるだろうと思った。それと共に、私はかつて父在世のころ、父と共に曽我山の頂上へ登ったとき、あたりを指ざしながら話し聞かされたあることを思い出していた。

「家系を守る、というのが昔の処世の至上命令だったんでしょうからね。名を捨て実を採るか、あるいはあべこべの方を選ぶかの違いはあるにしても」と私は云った。

「歴史ってのは、すべてそれですね」

「あなたは、謀反人の子孫ということでテレてらっしゃるようだが、実は私の方にも可笑しな話があるのですよ」

「ほう」

歴史好きらしく、M・T氏は聞く気十分という顔付をした。

「やっぱり天正時分のことですが」と、私はかつて曽我山頂で父から聞かされたことの概略を話すのだった。

「秀吉の小田原征伐が企画されたのは十六年頃ですか。十七年には雲行がはっきりと怪しくなり、とうとう十八年に攻略開始、七月に落城ですね。その十七年頃らしいのですが、当時のうちの先祖の播磨守——神主だから大げさな職名です——つまりこの書付にある男なんですが、時世を見るに敏で、これはいずれ豊臣の天下になるだろう、手を打つ必要がある、と考えた。そこで、曽我山中の持地、柄沢という一町歩ばかりの、今流に云えばカール、そこは南向きで陽当りがよく、地内に湧水がある。どうやらこれは、ずっと前から、隠れ屋敷に使う場所だったらしいのですが、そこへ小屋を建てて引込んだ。子供は、酒匂《さかわ》川沿岸にある乳母の家に預け、ここの家——家は違いますが、場所はここです、ここの本宅には下男を留守番に置いて、そのカールの小屋に蟄居《ちっきょ》した。代々、北条方から優遇されてきたということが、この際は弱味になるだろう、それを幾分でも緩和させるには、この程度のことはせねばなるまい——そういう肚で、大いに恭順の意を表した、というところでしょう。

一方、酒匂川べりの乳母の家に預けられた子供ですが、或る日一人で遊びに出たところ、ちょろちょろと徳川麾下の軍陣へまぎれ込んでしまった。怪しい奴、と忽ちつかまって、酒井か本多か知らないが、部将のところへ連れて行かれる。調べられて、何でもしゃべった。それによって二、三人の武士がここや曽我山中へ出向いてみると、子供の話の通りだから、神妙なり、ということになって、別におとがめも無く、本宅に帰ることを許される。子供も戻る。めでたしめでたしだったのですが、やがて北条征伐が終って、この辺が徳川の管轄下に入ると、宗我大明神は、社領を半分に減らされて、細々と存続を許される、という仕儀になった。大いに手を打ったつもりの宗我播磨守は甚だ口惜しかったことでしょうが、後世の私なぞから見れば、これは仕方がないと思われる。家康は、寺社の所領を削って、麾下将兵をねぎらったのですからね。講談にも例の、粗忽の使者、村越某《それがし》の話がありますものね」

「面白いですね。初めてうかがいました」

「こんなこと、どこの史書にも出ていませんよ。わが家にのこる口伝話《くでんばなし》なんです。土地の人もこの話を信じていますが、史学上では、ほんとかウソか判らないのです。しかし、播磨窪という地名は今でも通用しています。役場の正式土地台帳では柄沢なんですが、この辺では誰もそうは云いません。播磨窪と云わなければ通じません。そして現在でも綺麗な水が湧いています」

「そこは林なんですか、それとも畠？」

「立派な蜜柑畠になってます。もっとも私は昭和初年、小作の人たちに叩き売ってしまったから、今は無関係です」

「惜しいことをしましたね」

「いいえ。あれはずっと前から畠になってましたから、仮に私が持っていたとしても、戦後の農地改革でとられてしまったでしょう。若いうちに売って、大いに飲んだのですから、先見の明があったと云えませんか」

「なるほど」

M・T氏はもっともらしくうなずいた。

五

古書付のいくつかを見ていると、以前は宗我という姓だったのが、いつの間にか藤原と変っているのに気づく。宗我は曽我とも書くが、最初は恐らく蘇我だったのだろう。

　この曽我あたりは、鎌倉期以前から曽我中村なぞと云われていたし、結局藤原氏に倒された蘇我氏の一族の誰か、あるいはそれにつながる連中が大和方面から逃げて来て定着したところかも知れない。但し、こんなことは、私の無責任な想像に過ぎない。

　普通の人たちと違って、神主というのは、何かと云うと中央の指示を仰がねばならぬ。代がかわったと云っては上洛し、何を着るための許可が欲しいと云っては上京する。そのたびに献上金あるいは袖の下の如きものを持ってゆく。頼むについては、蘇我あるいはそれをゴマカした曽我や宗我にしても、藤原にあらずんばと云った京都では何となく具合が悪い。そこで、いつの間にか藤原姓に乗りかえた、というところだろう。

権力も武力も資力もない、そのくせ格式ばらなくてはならぬ神主というものの哀れな姿が浮んで、私にはどうも面白くない。さきの小田原征伐期に於ける播磨守の行動と云い、この姓変更と云い、一口に云えばオポチュニストの典型だろう。

享保五年五月、尾崎大隅守正広というのが、紗の狩衣着用の許可を得ているが、この許可状には、神祇管領卜部《うらべ》朝臣という名が、本文や神主の名前に比べ倍以上の大きさで書かれ、大きな角朱印が捺してある。この卜部朝臣氏もなにがしかの袖の下を握ったのだな、と私は考えたりする。

一家の保安のためには、そんな風見鶏に似た態度も止むを得なかったのだろうが、私としては、格式ばる必要のない百姓町人か、あるいは、ひとたび心を決すれば切死も辞さぬ武士の方に心が傾く。その方がよっぽど気色がいい。

気色がいい、と云えば、いくらかそれに近い感じの書付が一つある。ずっと年代が下《くだ》って、明治三庚午年三月、「小田原藩神風隊連名」という半紙四枚の綴じ込みである。私はこの綴じ込みについて、本誌（『新潮』）四十三年新年号に出した「楠ノ木の箱」という作でちょっと触れた。その時は物置を捜さず、以前見た記憶だけで書いたので「足柄神風連・連判状」と誤記した。

連名捺印者はすべて神官である。私の祖父は、初めから三番目に、尾崎蔵人として出て居り、判は基広としてある。ほかの人たちの名も、上総、駿河、采女《うねめ》、主水《もんど》、帯刀《たてわき》、大膳、民部、宮内、隼人など、神官らしいのが多い。総勢十九人である。

明治八年に熊本、秋月、萩とつづいて神風連の乱があった。東京でも数人が立って、千葉県庁襲撃を企てたが挫折した。それらが成功していたら、小田原藩神風隊も起《た》っていただろう。

祖父は明治三年には算えで四十三歳の働き盛りだった。連名簿がうちにあるのだから、主謀者の一人だったに違いない。私の知る明治三十何年から大正初年にかけての祖父は、いたずらに頑固な、虫の好かぬ老爺だったが、男ざかりにそういう気概をもっていたと知ってからは、虫の好かなさも少し割引きしていいと思うようになった。

六

M・T氏から話のあった「明治百年資料展」へは、億劫になって何も出さずじまいだった。

未だ調べても見ない虫喰い文書の中には、慶長とか天正とかよりもっと古い時代のものがあるかも知れない。鎌倉期より前から同じ神社に仕えていたことは確かだから、火事や震災をくぐって、もっと古いものの一つや二つはありそうだ、と思っていいだろう。

しかし、そんなものを、これからどうすべきかで、私は迷っている。前に述べた播磨窪を初め、多くもないが古くから伝わった山や畠や田ばかりか、屋敷まで人手に渡し、残るのは墓地だけ（そこには鎌倉期形式の社型の古い墓がある）という私の境涯で、虫喰い文書だけを大事そうにしてみても何か平仄《ひょうそく》の合わぬ感じがする。古い家の一切から離脱するつもりで猪突した自分ではなかったか――。

しかし、もっとおとなしい考え方もあるだろう、と踏みとどまる気持もないのではない。あれらをよく虫干しして、殺虫剤と共に箱に納め、長男に遺しておく。彼には私以上に読む力がないから、注釈か説明書きをつけておく。彼がそんなものに興味をもつかどうか――つまり先祖のことなど気にするかしないか。世情も、人心も、家というものの在り方も違ってしまい、さらに変りつつある現代だから、彼の受取りようは判らぬ。だが、こっちとしては、渡せばそれで済む――。

そんな気持がからむので、写真、手紙、本、切抜などと違い、古書付の整理は渋り勝ちとなる。

そういうことと並行に頭の中の整理を、なぞと考えてすでに何年か経つが、これはなお更はかがいかない。

何だか自分が苛立っているのではないかと思われる。何に向って、何のために……。それが私自身にもよく判らない。判れば落着くのだろうか。

苔

○

道路わきの溝に、自然石の橋がかかっただけで、門も何もない入口のあたりには、桜の花びらがわずかながら散り落ちている。隣り近所のも、道路つき当りの神社のも、桜という桜はすべて葉になっているのに、私方の入口左側にある牡丹桜だけは、満開の峠を漸く降り坂に入ったところだ。

神社の大きな四、五本は染井吉野なので、すでに葉桜なのは当然だが、上隣りや向いの八重桜もしぼんだのに、わが家の牡丹桜だけまだ見られるというのはどういうわけだろう。そう種類が違うとも思われぬのに。

二十五年前の今頃死んだ母は、この花の蕾が少しひらき出すと、それを摘んで塩漬けにするのが年毎のならわしだった。母没後は、妻がそれを見習ったが、うっかりしてしまう年もある。現にこの春も漬け忘れた。今年は、何や彼や雑事が重なって、気がついたときはもう咲いていた。

この桜は、私が子供の頃、入口の両側にあった大きな木の子供である。この木の親は、明治三十二年生れの私が小学生だった頃、木登り好きの私の遊び場の一つだった。花どきには、神社への参道であるこの坂道を登ってきた人も、くだる人も、大抵足を留めてふり仰ぐ。

葉桜になると毛虫が群って、私は出入りに木の下を駈け抜けたものだが、初夏になれば毛虫は羽化し、代って多くの蝉共が来る。私は安心して木によじ登り、蝉取りをする。

――

今の木は、虫が喰い込んでいて育ちが悪い。ある枝はテング病にやられて居り、総体として影がうすく、到底親木ほどの巨木にはなれそうもない。

桜の下草のように、額《がく》と紫陽花《あじさい》があり、さらに楓、榊《さかき》、枇杷とならんでいるが、どれ一つとして私より齢上の木はない。それも、楓が大正生れなだけで、あとは皆昭和の木だ。それだけに元気はよく、額、紫陽花、楓の新芽は鮮かで、伸びが良い。常緑樹の榊や枇杷の新芽はいくらか遅れ気味だが、枇杷にはもう青い実が目立つ。

桜と入口をはさんでは、梅、コデマリ、檀《まゆみ》、ヒサカキ、庭桜などがごちゃごちゃとある。コデマリと檀には蕾がついて、もう十日もしたら咲きそうな気配だ。庭桜の花はもう散ってしまった。

　これらは、石垣に添って並ぶ木々だが、その内側に雑然といろんな木や草があり、その下は大体苔で覆われている。この苔は昔からのもので、何種類かあるが、杉苔以外その名を私は知らない。

　今、咲いている花は、桜のほかに、牡丹、馬酔木《あせび》、サンショウ、白と紫のイチハツ、シャガ、ミツマタ、花《はな》蘇方《ずおう》、山吹、タンポポ、スミレ、霧島ツツジ、チューリップなど。小木に紅い花をいっぱいつけたと見えるのがあるが、これは赤芽《あかめ》槲《がしわ》で、紅いのは新芽である。

○

　チューリップというような西洋花が私のところにあるのは、自分としては不似合と思うが、これは、東京に住むＹ・Ｎという娘さんからの貰いものである。

　Ｙ子は、去年夏、何人かの仲間と、欧州旅行をした。秋になって、土産物や土産話をもって私のところへ来た。その土産物の中に、このオランダ産チューリップの球根何箇かがあった。貰って直ぐ植えておいたのが、今こうして花をつけているのだが――そうだ、このことを彼女に報告せねばならぬ。

Y子がときどき私方へ来るようになってから、もう四、五年にもなろうか。当時十七か八だった彼女が私の書くものの読者だというのを不思議にも思ったが、孫とも言える齢恰好のこの娘とのつき合いは、気楽でたのしかった。五十ぐらいと見える父親と連れ立ってきたこともある。父親なる人は実直な人柄の警察官だが、この人が私に用のある筈もない。一人っ子の娘可愛さに、たまの休みをつぶしたのだろう。

去年暮の十八日づけで彼女がよこした便りの一部を写そう。チューリップの花を見ているうち、その手紙に書かれたことを憶い出したので、それを書こうと考えたが、直接彼女の手紙でつたえた方がよかろうと思い直した。

「(略)先生のお家の梅干は、楽しかった旅を想い出させます。モジリアニが住んだパリ、モンパルナスと、スペイン、バルセロナにあるガウディの作品を見ることを、今年七月と、以前から自分で決めていましたので、前に頂いた梅干は、その時の用意にと手をつけずにいたのでした。

五週間、肉とパンの食事の中で、梅干の存在は貴重でした。皆が欲しそうな顔をするので、この梅干はね——と口から出そうになるのを押え、黙ってニコニコしながら食べました。

写真も揃ったのでアルバムに納め、日記もまとめ、漸くほッとしたところです。（略）蜜柑を有難うございました。夕方五時頃、私が受取りました。今日の昼間、警視庁警務部長さんの奥さんが爆発物で亡くなるという事件が起ったので、ここの公舎でも小包や郵便物を署員が点検している最中でした。早速紐を解いて中を調べると申しますので、この箱は私の大切な方から送られてきた品物だからその必要はないと言いますと、でも一応は――などとゴチャゴチャ言いますので喧嘩しそうになりましたが、私も気を落着けよく説明したので、署員も理解してくれました。家の中へ運び込んで私が開けますと、甘そうな蜜柑がぎっしりつまっていましたので、身構えて箱を凝っと見ていた五人の署員もほッとした様子でした。先生からの贈り物を疑うなんて全く失礼です、何ということでしょう。でも早速署員と一緒においしくいただきました。（略）」

Y子の父親は、東京の西寄りのある警察の署長で、公舎に住んでいる。届き物や郵便物に警戒の目を向けるのは、時節柄止むを得ぬ処置であろう。署長の娘と部下の警官とが蜜柑の箱を中に睨み合う様子を想えば滑稽感も湧くが、当人たちはそれどころではなかったにちがいない。何という世の中だろう。

○

赤芽槲の下には、ボンという名のスピッツの牡犬が眠っている。この犬は、赤芽槲から二間ほど東に立ったオリーヴの下に眠る初代ボン（やはりスピッツの牡犬）の仔である。

この初代ボンは、隣村のある家の牝に子種をのこしてから約一ヶ月後、急に病気になり、小田原市内のその方の病院に入れたが、翌日死んだ。昭和三十四年八月十六日のことだった。それより足かけ六年前の秋、生後四十何日かのを東京の友人から貰ったので、満にすれば五年の命だった。

その命日を正確に覚えているのは、毎年の例で、八月十五日夜、小田原海岸で納涼大会というのが催され、花火がさかんに打揚げられるからである。その音は、風向きによっては、八キロある私方まで聞えるのだった。

十五日の午後、私は病むボンを毛布でくるんで抱いて、運転手に「こいつは病人なので、静かにやって下さい」とたのんだ。八キロを走る間、ボンは何も言わず、動きもせず、ときどき弱い眼つきで私の顔を見た。

獣医に渡すと、ボンは辛うじて首をうごかし、私の方をじっと見た。連れて戻ろうか、とちょっと思ったが、そんなセンチメンタル、駄目だ、と自分を叱って、待たせた車に乗り込んだ。

翌日、病院から死んだむねの報らせと共に、埋葬について訊かれた。犬や猫を葬る墓地があるのだそうだ。

「うちの屋敷へ埋めてやりましょうよ」と妻が言った。

「そうだな」

「この茶ノ間から見えるところ——あのヒバのこっち側あたりどうかしら」

「そうしよう。——君受取りに行ってくれ。俺は連れてったから」

妻は直ぐ出かけた。

やがて、そろそろ帰る頃か、と入口のあたりの苔の乾いたのへ如露で水をやっていると、車がついた。運転手が手を出すのを辞退し、妻は可なり大きなダンボール箱を自分で抱えて降りてきた。

「毛布でくるんで入れてあるんです。顔を見ますか」

「いや、いい。早く埋めよう」

私は鍬《くわ》やショベルを持ち出し、穴掘りにかかった。夏のさなかではあり、久しぶりの重労働で大汗をかいた。汗が土にぽたぽたと落ちた。一と休みした妻も、途中から手を出し、約一米の深さにボンを埋めた。

同じ死ぬのなら、うちで死なせたかった、病院へやるのではなかった、と妻はしきりに愚痴を言った。

「あの花火、今日も打揚げてましたけど、すごい音なんですよ。ボンは、どんなに怖かったでしょうね、あんなに音の嫌いだったボン……」

私も全く同感だった。丈夫なときでさえ、雷鳴や飛行機の衝撃波音には、「クウ」と悲鳴ともうめきともつかぬ声を立て、縁の下深くもぐり込むのが常だった臆病者のボン。

「可哀そうなことをしたな。花火の音で心臓をとめられたのかも知れない」

「きっとそうですよ」

その墓穴の上の、高さ三米位のオリーヴ樹の根方《ねかた》にも、いくらか苔がついた。屋敷の東南隅に近く、元来陽当りのいい場所だったのが、南隣りとの間に板塀をつくったので陽かげになった。

ボンの相手の牝犬には、四匹の仔が生れ、先方では、一番良さそうな牡を私方へ届けてくれた。同じ年の暮だったと思う。それとも、年を越してだったか。

二代目ボンが死んだのは今年の二月だから、算えれば十二年あまり生きたことになる。親犬より倍以上の長命だったわけで、人間にすれば、私ぐらいなのだろう。

ものを食べたがらず、動きもひどく大儀そうなので、この前のと同じ医者に来て貰うと、風邪だ、と言って注射をした。ボンが薬を厭がるので叱ると、うらめしそうな目つきをする、と妻は言った。

医者は翌日も来て注射をしたが、ボンの顔を見ながら、

「これは、いくつぐらいでしたかね」と言った。

「たしか十三です」

「ははア」

「危ないのでしょうか」

「普通、スピッツの寿命は、十五、六なんですがね」

私共には、医者はすでに見放している、と受取れた。

さらに翌日の午後、妻は裏庭の縁先に寝そべっているボンを毛布でくるんで、陽当りのいい場所に移し、

「元気を出すんだぞ、ボン」と頭を撫でた。ボンは大儀そうに妻を見た。そういうボンを残して、私は表庭へ廻ると、苔の上に厚く散り敷いた楓、梅、柿その他の古落葉を取除ける作業を始めた。二月も半ばを過ぎると、苔の根の方に新芽が現れる。積った古落葉をいつまでもそのままにして置くと、苔はむれて、新芽も枯れてしまうからだ。

妻は客間で、二人の婦人を相手に、謡のおさらいをやっていた。その声を何となく耳に入れながら、私は落葉除《と》りにいつか熱中していた。

一時間ほどして、二人の謡仲間は帰った。客を送り出した妻は、裏庭へ出た様子だったが、直ぐ客間へとって返し、そこの窓から首をつき出して、

「ボンが死にましたよ！」と言った。

裏の方へ廻り、ボンに触って見ると、まだ温かった。

「そう言えば、謡を終って、あの人たちと話してたとき、変な声が聞えましたよ。あれ、ボンの声だったかも知れない……あたしを呼んだのかも知れない」

「ふうん、俺には何もきこえなかった」

「なんか、ヒエーッというような、疳《かん》高い声でしたよ。あのとき、直ぐ来てやればよかった」

「よし、前のボンと並べて埋めてやろう。俺は穴掘りにかかる。君は医者へ電話してくれ」

医者は今日も来る筈なので、放っておけば無駄足をさせることになる。

今度の穴掘りはつらかった。六十歳と七十二歳の違いが身に沁みた。

「おとうさん、やめて下さい。あたしが掘ります」

妻が労働着の完全武装といったふうでやってきた。
「交替で、ゆっくりやろう。何も急ぐことはない」私は素直に弱気を出した。
「そうですよ。無理すると、こっちが参っちゃう」妻もそろそろ六十だ。
休み休み掘った。赤土に達すると、縄文式土器の破片が出てきた。この前のときは、土器のほかに、石斧も出たが。

　ボンを毛布でくるみ、顔のところに八重椿の花を添えてダンボール箱に入れた。八重椿のその花は、ボンの遺骸を二人で撫でているとき、その近くの枝からぽとりと落ちたものだ。それが、この木として、初めての落花だった。

　近所の家から所望した赤芽槲を植えたのは、その翌日のことだ。それがうまく着いて、今は花のような紅い新芽をいっぱいつけている。それは、私共の居る茶ノ間から、オリーヴの濃緑とならんで華かに見える。

　私のところでは、もう犬は飼わぬことにした。犬でも死別は厭だ。

○

　客間の南側の、一番目につく場所の苔は、長さ四糎ほどあって、厚い絨毯のようだが、その名を私は知らない。四月中旬の今、新芽は可なりのびて、雨あがりなどまったく燃えるような緑である。ただ、そのところどころに、茶褐の枯色を見せた部分があって目障りでならない。それらは大体、何年も前からの古苔だが、中には、ボンが枯らしたのもある。

ボンはときどき、苔の上に小便をした。小便が温いからか、小便の成分によるのか、その部分は枯れてしまう。

小便をした上に、後足でそのあたりを掻き起すこともある。ひっぺがされた厚ぼったい苔が、土のついた裏側を見せて蹴散らされた姿は無残なものだ。

口小言を言いながらそれらを拾い集めて適当に貼りつけ、草履で踏んづけ、水を撒いたりするのだが、活着せぬ部分もできる。着いた箇所も、無事だった部分とは勢いが違ってきて、見苦しくなる。

そんなことから枯色になった苔の一本をつまんで引抜くと、根まで枯れ果てたのと、根元に近く新たな小さい芽を出したのとがある。

私は、枯色になったある部分を試験的にいじくってみた。根まで枯れたと見える奴を一本一本引抜いていった。可なりの根気仕事だったが、肚を決め、時間をかけて、限った小部分だが丁寧にそれをやったところは、見違えるほど綺麗になった。

一方、ある部分の枯葉を鋏で剪《き》りとってみた。この方は、仕事は早いが、そう満足すべき結果は得られなかった。とは言え、それをやらぬよりはましである。

枯葉除りのこんな作業も、厚い絨毯のような長い苔に通用するだけで、そのほかの短い苔では使えない。枯れたところはひっぺがすしかない。ハゲのようなそういう箇所も何年か経てば旧《もと》に戻る。

苔の枯葉の一本一本を引抜くなどということは、ひどく莫迦げて見えるだろうが、私にとってはそうでもない。苔がいくらかでも美しくなるので、張合がある。

ほかに苔の中に生える雑草や、小鳥によって落されたヒサカキ、マンリョウ、ネズミモチなどの種から芽生える幼木を抜きとる仕事もある。

そんなことで苔と丁寧につき合っていると、奇妙な事物にぶつかる場合があって面白い。

一糎位の細長い巻貝（蜷《にな》の一種か）をときどき見つけることがある。これは苔を食っているらしい。また、直径一糎位で、泥色の円く薄べったいものがあるので、ゴミかとつまむと、それが生きものだった。但し、泥色の薄べったいものは、貝の殻（そんなに頑丈ではない）のように二枚合わさっていて、中に黒い小さな虫がいるのだ。これも苔を食っているのだろう。いったんつまんだ奴を、試みに地面においてみたら、裏表を交互に見せながら、横ざまに移動した。ひっくり返るごとに一糎ずつ進むので、意外に速い。しかしどうやらこれは慌てたときの挙動らしく、落着くと、平らになったまま、じりじりと動く。蓑虫の一種かとも思う。

初めて見たとき驚いたのは、セミタケである。驚きの余り、『牧野・日本植物図鑑』を見ると、次の記載があった。

「せみたけ」（にくざきん科）「夏季、蟬ノ蛹ニ寄生ス。冬虫夏草ノ一ニシテ、虫体ヨリ棍棒状又ハ鹿角状ノ茎ヲ抽キ、其先端稍々脹レテ子実層ヲ造ル。本邦ニハ多キモ、外国ニテハ其発生極メテ稀ナリ。中国ノ所謂冬虫夏草ノ普通種ハ是ト同属異種ナル学名（略す）ナルモノニシテ、鱗翅類ノ幼虫ニ生ズ。冬虫夏草ハ又、夏虫冬草トモ云フ。」

淡い朱色の、先が丸味を帯びた二糎ほどの棒状のものが四、五本生えていた。つまむと弾力があり、ちょっとゴム棒の感じだ。引張ると抜けて、総体が三糎ぐらいの奴の根元に蟬の蛹（脱け変ると蟬になるあれ）がくっついている。蛹は、必ずニイニイ蟬のである。

夏虫冬草という名前を、子供時分何かで見たときは、ちょっとロマンティックな感じがして、どんな植物か、と好奇心を覚えたものだったが、十何年か前、初めて現物を見て、変なその姿に、いささかがっかりした。

　このセミタケは、普通の地面にも見かけるが、苔の中の方が多く生える。理由は、私には不明だ。

○

　東京の方にとついでいる末娘が、初めての産を実家ですることになり、三月下旬呼び寄せた。予定日より二週間も早い四月五日の夜中、何だか怪しいというので、予約してある小田原の病院へ送り込むと、朝六時頃痛み出し、九時過ぎ無事男の子が生れたと、つき添いの妻から電話があった。

　中学生三人、小学生一人の孫が全部男のところへ、また男の孫が出来た。一人ぐらい女の児が欲しいと願っていたのに、思うようにはいかぬものだ。私以外の誰もが男の子なのを喜んでいるので、私も同調することにした。

　一週間目の十一日、母子はわが家へ戻って来て、私の寝室を占領した。

　四キロもある大きな児で極めて元気がいい。娘もその亭主も大きく健康だから、それが当り前だろう。

「あなたの身体はお産向きだから、この次は道端で産むかも知れない。気をつけなさいよ」と医師に言われたそうだ。

近所の助産婦に乳揉みをして貰ったので母乳も出る。

妻は諸事コーチ役で、終日ドタバタやっているため低血圧が却って良くなった。

昨日の朝、新聞を見ていた妻が、厭な顔をして、

「いったいどうすればいいんでしょうね」と言った。

「何が」

「こんなこと書いてありますよ」

ここ、と示す記事には、「これＰＣＢ怪獣――身体にも自然にも蓄積する一方――」と題がつけられ、終りの方に、こんな一節がある。

「こんど環境汚染が問題になったのは、人間のおなかの脂肪や母乳から大量のＰＣＢが見つかり、（略）厚生省は――この程度なら赤ちゃんに母乳を飲ませても大丈夫――との結論を出しているが――抵抗力のない赤ちゃんに飲ませ続けるのは危険だ――と批判する学者もある。」

「しょうがないさ。牛乳だって粉ミルクだっておかしいんだもの」

「どうしてこんなことになっちゃったのか知ら」

「今頃そんなこと言ったって、どうにもならんさ」

折角地下に安定しているものをどんどん掘り出し、それを毒物に分解して土や水や空気を汚して了う。それでもあき足らず、自然には存在せぬ毒物までつくり出して撒き散らす。自分で自分の首を締める愚かさを人間はいつまでつづけるつもりか。いつまで続くと思っているのか——そんなことをぶつくさ言い出してから二十年近くもなるので、もう考えるのも厭になった。

先の短い私自身は、厭になった、で済むが、今生れた赤ん坊なぞはどうなるのか。娘が世話になった病院では、同じ五日に十何人もという大繁盛ぶりだったそうだ。日本全国、いや世界中では、どれだけの誕生があっただろうか。そういう者たちが壮年になるまで、地球は、人間は、無事であるだろうか。私には、危ないと思われてならない。気の毒な赤ん坊たち！

遠からず太虚、空無に帰する自分ではあっても、意識のある限り、美しい自然とたくましい人間の存続を信じたかった。まさかこんなことになろうとは思わなかった。

私は、近くの神社に、松と桜——それも山桜を献木したいと思っている。

年輪四百の巨松四本が一昨年中に、マツクイムシの害でやられ、すべて伐られたとき、ちょっと考えたのだが、のびのびになった。

私が中学上級生の頃まで、神社の裏には、一本の山桜があった。今ある四、五本の染井吉野は、強いが面白くないので、昔あったような良い山桜を是非植えたい。

その松や桜がどうなるか、私には勿論判る筈もない。しかし、しかし、私は植えたいのだ。

閑な老人

一

玄関わきにあるイヌツゲを眺めながら、

「これは相当の古木ですな」というお客がときどきある。木なぞに目をとめるのは大体が年配の客人で、若い人の口からそんな感想の出ることは滅多に無い。

「百四、五十年——つまり私の倍ぐらいの齢じゃないかと思ってるんですが……」

「ははア」とか「なるほど」とか、軽く受け流す、といった調子の人が多い。お客にとって、そこらにある樹の齢なぞそれほどの関心事でもあるまい、と思いながらも、百四、五十年というのは、無根拠な言い種《ぐさ》ではないという気があるので、

「何しろ私が子供の時分、攀《よ》じのぼって遊んだりしたのですから」と言って相手の顔を見る。

「ほう、それは——」

お客は改めてこの木を見上げる。そして、「ははア」などと軽く言っていたのが、少し興味が湧いたという顔付になる。

「あなたが子供の頃というと……」

「六十年以上前ですね。その時分から、大して育ったというふうには見えませんがね」

「そうですか。ふうん」

お客はそう言ってから、少し黙ったのち、

「老人になって、子供の時分攀じのぼった樹が目の前にある、なんて暮しかたをしている人は、われわれの仲間には居ないでしょうな。羨ましい気がしますね」と言った。

「あまり居ないかも知れませんね……」しかしそれも良し悪しだ、とかねてから私は考えているのだが、口には出さなかった。

このお客は、外国文学研究家だが文芸評論家でもあって、小説書きの私にとっては仲間の一人と言える。私より三つ下というからもう老人で、こんなことを言い出すのも不自然でない感じがする。

「これ、普通、ツゲと言ってるでしょう」

「ええ、ツゲ」

「実はイヌツゲで、モチ科なんですよ。ほんとのツゲは——向うにある低い奴、ちょっと違うでしょ」

「ああ」

私は、また始まった、と自分で思いながら講釈がやめられなくなる。殆んどの人がこの違いを知らない。私は同じ講釈を幾度繰返したことか。

相手が乗気になると、こっちも嬉しくなって、客を庭先へ連れ出し、両方の葉や幹の違いを実際に見せなければ承知しない。

「死んだK君――あれ、バカでしてね、自分のとこのイヌツゲを大きく育てて、やがて将棋の駒を作るんだって。――それで、本ツゲを一本やりましたが、イヌツゲみたいザクザクの木で駒や櫛のつくれるわけがない」

「ははア」

「うちから行ったツゲは元気で育っているのに、当の本人は……」

「K君は私より三つ下でしたね」

「学校時分の友人が三宅島に居ましてね、十五年ほど前に、そこから七、八本送ってくれたんです。K君のほかに、S先生と、碁のG九段のところへ一本ずつ贈りました。両方とも育ってるようですが、送ってくれた友人は四年前死にました」――S先生が昨秋亡くなったことは、両方とも今更口には出さなかった。

二

現在、私のところには、五本のツゲがある。そのうちの三本は、根から三十糎位のところで斜にすぱッと切られ、細枝がひろがって盆栽風だが、他の二本は、三米ほどの高さにのびている。これらのツゲにたかる虫で、私は例年、春から秋にかけて一方ならぬ苦労をする。

雑木雑草には、それぞれ固有の虫がつく。ウメ、モモ、サクラなどのイバラ科の木には、ウメケムシ、ブランコケムシなどがつく。ヒサカキにはホタル蛾の幼虫、マツにはマツケムシ、イボタやネズミモチにはイボタの虫、ブドウにはスズメガの幼虫、ヤマイモには別のスズメガの幼虫、ツバキや茶にはチャドクガの幼虫、カキにはイラガの幼虫、フヨウにはフタトガリコヤガの幼虫——挙げればきりがない。

子供の頃から悩まされたウメケムシやマツケムシ、イラガの虫などは別として、それら多くの虫の正体——つまり、幼虫—蛹—成虫の関係を確かめる気になったのは、敗戦の前年、病気で郷里なる現住所へ引込んでからである。もともと活力に乏しかった私にとって、あらゆる人間関係は、病気による体力、気力の衰えから益々重荷となった。そういうものから極力逃げる——これは狭くて卑怯なのかも知れぬが、そうでなければ私はつぶれて了うのだ。厭世だとか厭人だとかと改まったものではなく、気疲れがひどいというだけのことだ。

人間より犬猫の方が扱い良く、小鳥はさらに良い。木や草となると感情面の交流が無いので一層良い。家族の意向を全く無視するわけにもいかぬので、犬猫を飼った時期もあるが、最後の犬が死ぬと共に、もう生物は飼わぬことにした。小鳥類は、向うから勝手に来る奴を無責任に眺めて居れば良い。

毎年春から秋にかけて手を焼くツゲの虫——。こいつの名前が判らぬ。誰か専門家に訊けば直ぐ判るに決っているが、あいにくそういう知り合いを持たない。

フヨウにつく変な虫が、フタトガリコヤガという蛾の幼虫だと判ったのは、十何年前、ある週刊誌の、虫に関する座談会に出たとき、一座したその方の学者から教わった。それでなかったら、こんな、舌を噛みそうな蛾の名前など知る筈はないのだ。

その時分私が手を焼いたのはツゲの虫でなく、フヨウの虫だったのでそれを持ち出したら直ぐ判った。ツゲの苗が三宅島から来たのは、その翌年ぐらいだったろう。

今は、フヨウの木を整理し、白とピンクの花のそれぞれ一本ずつしか残してないから、虫退治にもそう手は取られない。

七月下旬の今、ツゲの虫は二度目の羽化に近づいている。五月の下旬あたり羽化した奴が卵を産み、やがて孵《かえ》り、それがツゲの葉を食い荒したあげく、今蛹になっているのだ。葉を二、三枚綴じ合せ、その中にのんびりとおさまっている。今年は梅雨明け後の天気がおかしく、暴風雨がつづいて、私はツゲの虫の蛹を思うようにとって居られず、イライラしている。奴らを蛾にしたくない、とあせるの余り、雨雲の切れ目を狙って脚立を持ち出し、蛹をとっている最中土砂降りに逢って腹を立てたりする。

三

名前は知らぬが、実は、ツゲの虫がどんな蛾の幼虫なのかは、つきとめている。それも極く最近のことだ。

五月初めだったと思う。不揃いにのびたヒサカキの新芽を剪定鋏で摘んでいると、ある枝からぶら下った何者かが活発に動いているのを発見した。剪定鋏を使えば枝は当然動くので、最初はそれかと思ったが違う。何かそこに動く奴がいるのだ。

油然といった工合に、野次馬根性が湧き上った。

ちょっとかげになった枝の下を覗き込むと、五糎ほどの尺取虫が、糸でぶら下っている。こいつだな、とためしに鋏の先でつつくと、また激しく暴れ出した。ははア、俺をおどかすつもりだな、と思った。「この野郎!」鋏で胴体をちょん切ってやろうかと思ったが、どうやらそれが、蛹になろうとしているところらしいので、そのままにして様子を見ることにした。

四日ばかり経ってのぞくと、彼は立派な蛹になっていた。身体に枯れた小枝三、四本をくっつけて擬装し、糸でぶら下っている。つついても反応がない。

透明でペラペラのアイスクリーム容器に、千枚通しで通気孔をボツボツ明け、その中に尺取虫の蛹を入れた。

「観察ですね。タツロウやヒデロウの真似ですか」と家人が孫共の名前を持ち出す。

「真似なもんか。俺の方がはるかに先口《せんくち》だ。明治時分にやったことがある」

思わずむきな口調になったが、その時、そうだ! と思いついた。ツゲの虫の蛹をここへ入れて、どんな蛾が出てくるかつきとめてやろう——。

捜して見ると、未だ幼虫のままのも居るが蛹になったのもある。私はその四個を同じ容器に入れ、机上に置いた。

十日後、一匹の蛾が動いているのを発見した。胴体が黒く、翅は黒白交りだが、容器が窮屈なため羽化がうまくいかなかったのか、捩れ縮んでいて、これでは飛べそうもないと思われる。

どっちの蛹か、とうかがうと、それは尺取の方だった。細長い、小枝のくっついた奴が抜殻になっている。

私の狙いはツゲの虫の方なので、毎日注意していると、それから五日目に、白い蛾が居るのを見つけた。四ツ入れたうちの一つが空になっているので、これがツゲの蛾か、とつくづく眺めた。

尺取蛾の醜い形態や体色に比べ、ツゲの蛾は美しい。胴体も翅も白で、翅は白いところへ横に二本の薄茶色の筋をもっている。開帳六糎弱はある。

蛾の現物をつかんだからには——と勇気が出て、昆虫図鑑にとりついたが、これと決め得る図は見つけることが出来なかった。ただ、体形や触角の様子から、ヤガ科またはヒトリガ科に属するらしいとだけは判断がついた。

それから四、五日経ってふと見ると、容器を覆ったセロファン紙に、緑色の、ケシ粒よりもっと細かい卵の一塊が産みつけてあるのが目についた。

こいつは雌だったか、折角産んでも、無精卵じゃしようがないな、と思った。

残りの三つの蛹の羽化を期待したが、それはついに見られなかった。そして、共にその本名を知らぬ尺取蛾もツゲ蛾も、さらに十日後には動かなくなっていた。

五本あるツゲの木に、この白い美しい蛾は卵を産みつける筈だ。それから孵った幼虫と、来る年毎に私は格闘を演ずるわけだが、この蛾がツゲの木にまつわりつく姿を、かつて一度も見かけたことはない。

蝶や蛾のたぐいが、それぞれの好む木に卵を産みつけるさまは、なかなか甲斐々々しいものである。

戦前までは、モンシロ蝶やツマキ蝶が菜種や大根の葉に産卵する姿など、うるさいほど目についたものだが、今はそうでもない。アゲハ蝶の類が蜜柑の葉に産卵するのを、私方が蜜柑の産地だけによく見かけるが、葉にとまると、尻尾をぐっと折り曲げて、葉裏にくっつける。彼女が去ったあと調べると、鱈《たら》の卵と鰤《ぶり》の卵の間位の、緑色の美しい卵を一粒ずつ産みつけてある。指の腹でつぶすことはできぬが、爪の背ではさめばぷちんと音を立ててつぶれる。この卵をほっておくと、触れば頭から朱色の角を出して異臭を発する醜怪な幼虫になり、さらにオオキクムシと言われる蛹となって、やがてあの美しいアゲハとなる。

クチナシにつく大きな青虫の親は、オオスカシバという、これは蝶でなくて蛾であるが、蝶に較べて大体動きの鈍い蛾の中でこのオオスカシバの属するスズメガ科の連中は、実にすばしこくて、つかまえるのがむずかしい。

オオスカシバは、蝶や蛾には珍しく翅が透明で、体色も美しい。この蛾がクチナシに卵を産みつけるときは、アゲハのように葉にとまらず、宙に浮いたまま尻尾だけ葉にくっつけるようだ。あわただしい産卵である。

敏捷なこいつも、たまにはつかまえることができて、私はこれを客間の柱にピンで留めておいたりする。お客がそれに目をとめて、

「おや、綺麗な虫がとまってますよ」

「ええ」

「あれ、何ですか」

「蛾ですよ。ピンで留めてあるんです」

「ははア」

大抵の人には、こいつが蝶なのか蛾なのか、ひどい人になると蟬なのか判らない。私は得意になって講釈を始める——。

ところで、ツゲの蛾の産卵姿を一度も見たことが無いのは、つまり彼女らが、ヤガ、またはヒトリガの仲間で、アゲハやオオスカシバのように昼間は飛ばず、夜行性の持主だからだろうと思われる。蛹をとじこめて羽化させ、この蛾の正体をつきとめてからは、

それらしい奴がツゲの木にまつわる姿を見てやろうと随分気をつけたが、今日迄それができない。

どうしてもとなら、今蛹の奴らが羽化する頃を狙い、夜な夜な懐中電燈か何か手にして見張るより無いが、いかになんでも、それほどの野次馬性は持ち合せない。正体を見届けただけで良しとしよう。

四

尺取虫には随分大きなのがいて、日本のある地方では、これを土瓶割と言うそうだ。木の枝と間違えて、農家の人が土瓶を掛けると、当然落ちて割れる——まさか、と言う人があれば、いや、恐らく本当でしょう、と私は証言したい。私自身、ある年の夏、土瓶は掛けなかったが、梅の枯枝を切るつもりで剪定鋏を使ったら、ぐにゃりと厭な手ごたえがあって、大きな尺取虫を切っていた。煙草のハイライトより少し太目の虫だった。

ジガバチが尺取虫の神経を麻痺させ、これを地下に引きずり込んで卵を産みつけることはよく知られている。

私は、もう何年か前の初夏、ジガバチが比較的固い地面に穴を掘り、どこからか虫をくわえてきて、押し込み、産卵し、穴をふさいでどこかへ行ってしまうまで見ていたことがある。閑人だから出来ることだが、午飯の声がかかっても動かず返事もせず、さすが慣れっこの家人を呆れさしたことがある。二時間以上かかったと思うが、蜂の熱心さ、仕事の手順の良さには感心した。誰に教わったのでもなく、すべてソツなくやってのける——不思議だ、とつくづく思った。

一番感心したのは、穴を埋める作業だった。土や砂を穴の口へ落し込むのは何でもない。そのあと、ここに穴ありという形跡を残さぬために、埋めあとを尻尾で丁寧に叩くのだ。これには大感心をした。ずっと見つづけた私にさえ、どこに穴があったのか判らなくなった。

ジガバチは去るに当って、小さな土のかたまりを、穴のあとに置いたが、目じるしのつもりなのだろうか。そうだとすれば、いつか知らぬがあとで様子を見に来るのだろう。私には確かめられなかったが。

トックリバチが、泥で徳利型の巣をつくり、その中で幼虫を育てることもよく知られている。私のところの牛乳受けの箱の一隅に、この徳利型の巣が二つ並んでいるのを発見した。すでに成虫になって飛び立ったあとの、空っぽの奴だった。

ある出版社の婦人社員が来たとき、それを見せると、「あら可愛い！」と言うので、では持ってらっしゃいと一つ取って渡した。こんなもの生れて初めて見たと彼女は喜び、ちり紙で包んで大事そうにハンド・バッグに入れたが、あとどうなったか。つぶれて、手提の中が泥だらけになったかも知れない。

簞笥の鍵穴からクモが出て来た、と家人が大仰天したことがある。鍵を突込むと、何かつかえるので、ヘア・ピンでほじくって見たらクモが出て来た、というのだ。

ベッコウバチの仕業にきまっている。ジガバチが尺取虫に対するのと同様、クモの神経中枢を刺針《はり》で一とつきして、全身麻痺に陥らせる。この蜂は、尻尾（ほんとは腹なのだが）を振り振り、石垣などをうろついて、クモを狩り出す。蜂とクモとが一瞬からまり合ったと思うと、もうクモはぐったりしている。目方では自分に優るクモを腹の下に抱え、蜂は平気で引きずったり飛んだりする。そして、手頃な穴を見つけるとそこへクモを押し込んで卵を産みつける。

家人の簞笥の鍵穴を、もっとほって置いたら、クモではなくて蜂が飛び出すことになっただろう。

大分前の、春だか夏だか忘れたが、くっつき合った二つのカタツムリを、そろそろと引離してみたことがある。

二筋の紐のようなものでつながっていた。その紐のようなものには、こまかくギザギザがついていたように思うが、案外長いなと感心しながらなおも引張ると、二本共一度に抜け、風化して勢いのにぶくなったゴム紐のように、一本ずつそれぞれの身体の方へ縮んだ。

カタツムリは各自両性を具えているから、互いに挿入し合うのだ。研究家がガラス箱の中ででも実験すればたやすく見られるだろうが、私のように長年田舎の木草の中をうろつく者でも、自然には一度しか出会ったことがない。

ナメクジも同様らしい。カタツムリもナメクジも、頭に近い下面にその部分があるようだ。頭でつながったと見えるナメクジは、多分両方から出すのだろうが、白い泡のようなもので、頭半分ぐらい包まれていた。

カタツムリならいいが、ナメクジをつまんで、引離して見ることは出来ない。つまむのがむずかしいし、第一厭である。

トンボや蟬の、乾いた明朗な感じの交尾に較べると、カタツムリやナメクジ、殊に後者のそれはひどく陰湿である。両性具有ということも観念的にひびくのかも知れぬが、何しろあのべっとりとした二匹の姿は実に厭だ。寒気がするほどだ。

茶ノ間の南向きの軒下に、針金が張ってあり、陽当りがいいので家人はときどきそこへ布巾など干したりする。

先日、布巾はなく、鮮かな黄緑色の洗濯バサミだけが針金にぶら下っているとき、一匹のクロアゲハが近寄って来た。洗濯バサミにまつわるように羽ばたいていたが、なんだ違った、というふうに離れていった。鮮かな黄緑色を、花と間違えたのだろう。匂いが無くて色だけのものに蝶が惹かれることもある、と判った。それとも、このクロアゲハだけが特別に頓馬だったのか――。そんなこともないだろう。

五

私のところで、ずっと昔から祖父の代まで神主として仕えた宗我神社の松の巨木四本が、一昨年中につぎつぎと伐られた。マツクイムシにたかられ、枯れ始めたからである。子供の時分から親しんだ松の木が伐られるのはつらいことだった。私はそれらの松を、自慢の種にしていた。しばしば文章にもした。それを読んで、わざわざ遠い所から見に来る人もあった。

松を買った人と、私の祖父から神職を引継いだ人の息子なる現神官とが、私の気持を察して、松の輪切り一片を贈ってくれた。

四本のうちの一番太い松（周囲四米半）の、地上十三米あたりのもので、厚さ十二糎、直径八十五糎、傷のない見事な輪切りだ。私はこれで机をつくる気だったので、脚にするために適当な太さの、同じ木の枝も貰っておいた。

机にするのなら、一年ぐらい陽かげで乾かすがよい、と注意され、廊下の隅に立てかけておいたが、やはりヒビが入った。今年の五月中旬、かねて話しておいた職人が、もうよかろうと輪切りをとりに来た。約半月後の六月初め、三本足の円い机が届いた。薄い漆塗りの、見事な仕上りだった。ヒビ割れは、直ぐには分らぬほど巧みに埋められていた。

八畳の真中に据えて、それにつづくヴェランダの椅子に掛け、家人と二人、とみこうみといった工合に円い机を眺め廻した。

「立派ですね」

「うん、貫禄がある」

「ほかの机、影がうすくなりましたね」

「机ばかりじゃない、そこらに置いてある物、いっぺんに軽っぽくなったが——あの碁盤だけだな、対抗できるのは」

「ああ、碁盤」

「考えたんだけど、碁盤の銘が『松籟』だろ、この机を『松風』としようか」

「机に銘が要りますか」

「要らないかも知れないけど、俺は入れたいんだ」

「そうですか。——そうね」と家人には判ったようだ。

五十米ほどの近さにある神社の松籟を絶えず耳に入れながら、私は原稿を書き、ときに棋友を迎えて、この盤で烏鷺を闘わせた。私の腕前には不相応な盤だ。T名誉本因坊が未だ本因坊時代、『松籟』の銘を入れてくれた。

その神社の松がすべて無くなり、松籟は絶えた。伐られた巨松の一片が、ここにこうして円い机になっている。

「机の裏に、白エナメルか何かで、俺が因縁を書いて、『松風』の銘を入れておく。そうでもして置かないと、あとの奴らには判らなくなるだろう」

「そうですね」

来る人が、これは、といった顔で三本足の円い机を見る。その中には、一年半近く、

廊下に立てかけてあった輪切りを見知った人もあって、

「あ、出来ましたね。堂々たるものですな」などと言う。

ここ二た月近く、私は得意になって、来る人毎に机の由来を講釈したりしたが、最近それをあまりやらなくなった。

――神社にあった四本の松が一年のうちに伐られ、残念でならぬので、せめて記念にもと思ってこれを作った。この木目でも判る通り古い木で、根元の切り口で勘定したら、四本共三百九十何年――まア四百年の樹齢だった。天正の初め、同時に植えられたもので、当時の神主、つまり私の家の当主の名も判っている。それがマックイムシのため一挙にやられたのだからひどい――。

大体そんなことを言っていたのだが、机を前にしてのそんなおしゃべりが、少しうとましく思われてきたのだ。

はからざるアクシデントで死んだものの残骸をもてあそんで居る――これでは言い方が強すぎるが、それに似た感じがふと胸をよぎることがある。

自然の樹齢だったのかも知れぬ、などという人もあるが、それは私への慰めのための出まかせであろう。明治の中頃、明治天皇の皇女方がここへ見えて手植えをされた、松としては未だ少年上りの二本も、同時にやられているのだ。

机なんてものは、どこのどの木で出来たのか判らぬ、といった奴の方が気楽だな、——そんなことを呟く。

「この輪切りで机を作り、書きもの用にするつもりだ」などと、輪切りを貰った当座は人にも言い、やがて随筆にも書いたりしたが、出来上って来てからは、未だ一度も書きもの机にしたことがない。何となく、虚心平気といった工合にいかないのだ。自分では、それほどものにこだわる方とも思わぬが、神社の松についてだけは特別なのか。

玄関わきのイヌツゲは、ここ二、三年来急に弱ってきて、この冬は、上の方一米ほどが葉をふるい落し、春になっても新芽を出さなかった。常緑樹だから、その部分は枯れたと認めざるを得ない。

梢の枯れた木が玄関わきにあるのは見苦しいので、先日、梯子をかけ、久しぶりに鋸《のこぎり》を使って梢を切り落した。それで見苦しさは消えたが、この樹の寿命も知れたものになったことは確かだ。今、算え七十四になる私が子供の頃、木登り遊びを楽しませてくれたこのイヌツゲも、私と寿命を争うようになった。が、仮りにこの樹が、私より先に枯れたとしても、それをアクシデントと思う気はない。神社の松の木の場合と違って、平静に受けとることができそうだ。

自分が、木や草や虫などに心惹かれるのは、彼らが、生命現象を単純明快に示してくれるからららしい、などと考える。

どうやら雨があがったようなので、これから脚立を持ち出し、ツゲの虫を見るつもりだ。

歩きたい

一

「お父さんも、随分ロマンティストね……！」と、東京の学校へいっている上の娘から、今更のように顔を見られ、大いに笑われたことがある。

若し身体が丈夫で、無限に金があったら――そういう前提のもとに、私がやりたいと思っていることをあれこれと話したときだった。どんなことを云ったかもう憶えてはいないが、随分突飛な空想を述べ立てたのに違いない。

その時は、何でも大いに熱心にしゃべった憶えがあるが（だから娘が呆れたのだろう）、元来私には、自分の空想をしゃべって楽しむという趣味は無い。頭の中に空想を有《も》たぬわけではないが、外へは余り出さない。外へ出さぬから、私は空想家とは反対の性質《たち》の男に見えるらしい。だから現に、自分の娘さえ、バカに珍しいことのように呆れたりするのだろう。

うだ。

ところで、私の夢は、この頃、自由に歩き廻りたい、ということに集中されているよ

出来れば宇宙を一と通り――わが太陽系星群の属する銀河系星雲を飛び出して、アンドロメダ大星雲や方々の島宇宙まで廻って見たいのは山々だが、それは無理として、せめて日本国中でもいい、気の向くままに歩きたい、というのが現在の夢である。

二十年位前は、世界中を廻りたいというのが夢だった。これは、多少の金さえあれば実現可能な夢だったが、その、多少の金が無かったため、駄目になった。現在では、資金があろうと無かろうと、私の身体がそういう旅行に耐えなくなったから、どうにも仕方ない。

国内旅行でもそうだ。誰かに、資金は十分出すから行ってこい、と云われたとしても、飛び出す気にはなれない。飛び出しても直ぐへたばって了うことが判っているからである。

昭和十九年以来の病気だから丁度十年目になる。さすがにうんざりしている。それでも、この頃は良い方で、東は東京、西は伊東を最遠距離として、時々出かけられるようになった。私の現住地は、この両者の中間、両方へ汽車で一時間四十分位のところにある。私の行動半径は、今のところ、約八十キロということになる。

しかし、これは汽車で行くだけで、行った先で歩き廻るというのではない。宿屋に落ちついていて、用のある人には来て貰うし、どうしても出かけねばならぬ場合は、直ぐ車に乗って了う。歩くのが大儀だからである。

二

四五年前は、一日中寝たきりだった。病室から見える向うの畠で、近所の農夫が働いているのを見て、よく毎日ああして動けるものだ、と感心する。家の西側にある道路を、毎朝多くの人々が、忙しげに通る。これは見えないが、足音がよくきこえる。この地からは、京浜地方へ汽車通勤、また通学の者が多く、小田原、平塚方面へも同様だから、汽車の時間ごとに忙しない足音がする。いずれも定期券持ちの、汽車に慣れた人たちだから、時間ぎりぎりに急ぐ。坂道を駈け下りる者もある。その足音は、彼等の健康を誇示しているようにとれる。

「みんな、よく歩くねえ」

私は、枕元を取りかたづけている家内に、弱々しい声でそんなことを云う。家内は返答に窮したらしく、黙っている。

「毎日、ほんとに、よく歩く。不思議だな」

「不思議ってこともないでしょうけど――」

「不思議はないわけだな。……あれがあたりまえなんだろうが、しかし……」

自分が病気だから歩けない、彼らは健康だから平気で歩いている、そこに何の不思議もないことはわかっているが、そのくせ、妙に納得のいかぬ気持である。

庭の木に、いろんな小鳥がやってくる。みな元気で跳ね廻り、しゃべり合っている。羽虫が飛び、ネズミが天井であばれ、蠅がうるさく顔へとまる。どいつもこいつもよく動き廻る――。

孤独、なぞという言葉は気恥ずかしくて、口にも筆にもしたことはないが、その時分は、今思い返してみると、たしかにその孤独の中にいたのかも知れない。みんなが当り前で、自分だけが当り前でない――そういう考えが、重くるしく私を圧えつけていた。そして私は、せめて取り乱したくないものだ、と思った。治に居て乱を忘れず、という言葉があるが、自分の場合、乱に居て治を忘れず、でなければ、と思ったりした。

その時分から見ると、現在の私は、大分歩けるようになった。去る秋は、東京へ出て、上野で絵の展覧会を見た。休み休みだが、展覧会の絵を一と通り見たのだから、相当の距離を歩いたことになる。大いに疲れて、翌日は一日ごろごろしていたが、とにかく展覧会を見て歩くことが出来たというのは、私にとっては大変なことだった。

それで、私は少し野心を起し出した。日本国中の旅行は、夢で見ることにして、一度行ったところを再訪しようというのだ。もっとも、会遊の地をすべて、というのではない、何かの意味で惹かれるところある土地だけでいい。

家内を連れて行きたいと思っている。一人でなく、家内と一緒に、というのには、二三の理由がある。

第一に、私は家内と一緒に旅行というものをしたことがない。普通、結婚式を挙げると、直ぐ旅行に出るものらしいが、私共はそんなことはしなかった。一緒になって二十年とちょっとになるが、二人で宿屋に泊ったことは一度も無い。私がそういう主義だったわけではなく、金と時が無かったからである。

もっとも、そういうことをしたいとは別に考えなかったからでもある。

ところが、病気になって、どうしても動けぬ、となってから、バカに旅に出たくなった。一人では方々へ行っていたから、その憶い出が無暗とのさばり出す。動けなくなると、動けた時分のことがやたらに思われてくるのは仕方のないものだ。

動けるようになったら、旅に出よう、そして、今度こそあいつを連れていってやろう、と殊勝な考えを起したわけである。

次に、身体に自信の無い私は、家内が附いていれば安心という肚がある。長年の看病で、私という病人の看護婦としては、無比の練達者だ。

一つは殊勝な、一つは身勝手な理由から、家内を連れて、自分が再訪したい土地を廻る、というのが私の現在の夢だが、しかし幾時《いつ》実現出来るかは判らない。

三

昔は、よく歩いた。歩くことが出来た。

中学は小田原まで八キロを、歩いて往復した。風雨にかかわらず歩く。二年生のときは、一年中無欠席だったが、今から思えば夢のようだ。八キロの道を一時間半位で歩く。学校でさんざん暴れて、また八キロを歩いて帰る。四年五年の時分は、マラソンの練習をやった。学校から帰ると、近所の仲間二三人と、運動着に着かえ、改めて小田原に向って走る。小田原から国府津、下曽我と廻るコースである。小田原国府津間が約六キロ、国府津下曽我間が四キロ、合計十八キロの三角コースを走る。これが、往復十六キロの通学を終えてからだからなかなかのことだ。

富士山へ登ったことがある。御殿場駅から歩き出して五号五勺に一泊、頂上を極めてから、また御殿場駅まで歩いた。太郎坊まで馬車があったが、使わなかった。

東京の学校に入ってから、関東の大震災があった。夏休中だったから下曽我に居たが、家は全壊、私は足に小負傷した。しかし元気で、災後十日目に、歩いて上京した。八十キロで二日かかった。東京の様子を見て歩き、知人宅を見舞ったりして、また歩いて帰った。――

この位のことは誰にでも出来る――尠くとも普通の健康人なら、別に異とするところでもないわけだ。私もその、普通の健康人だったのだ。

それが今では、自分にそんな経験のあったことが嘘のように思われる。

二タ月ほど前、村の小学校に運動会があった。末の娘が六年生で、これで小学生としての運動会も最後だから、見に来てくれ、という。

「PTAの会でも運動会でも、いつもお母さんばかりで、お父さんはいっぺんも来てくれないんだもの。ずるいや。いっぺんぐらい来てくれたっていいでしょ」などと云う。

それで行ってみた。

娘は身体が大きく、行列をつくると先頭だし、三度出た競技にも皆一等をとって、見て居て張合があった。それも良かったが、私としては、小学校までの片道一キロを、割に元気で往復出来たことが更に愉快だった。一日中寝床に居て、便所へ立つともう息切れがした四五年前に比べると、全く隔世の感がある。私は大ニコニコだった。娘は、自分が一等ばかりだったからおやじ大喜び、と思ったらしいが、そうではない。もっとも、内実は云う必要がないから黙って居たが。

五六年前、私が家内に助けられて風呂に入るのを見ていたこの娘が、

「お父ちゃんのお尻、無いよ。むかしはあったんだねえ」と云ったことがある。仕方がないから私も家内も笑ってしまったが、子供という奴は、ずけずけ云うものだな、と思った。

「むかしはあったんだろう、とは恐れ入ったね。——そのうちまたあるようになるよ、圭ちゃん」

「お尻無いとおかしいや」

「もういいの。あっちへ行ってらっしゃい」

何を云い出すか判らぬと思ったか、家内は圭子を追いやった。

そのお尻が、この頃いくらか「あるようになった」ことは確かだ。私はときどき、尻に手を廻して見る。肉がついた。足を握って見ると、ふくらはぎやももの筋肉に手ごたえがついて来た。何年か前は、ももよりも膝小僧の方が太かったものだが。

四

家の周りに雑木が多いので、落葉が絶えない。落葉樹は秋から冬にかけて、常磐木は

春を主として、一年中に亘って少しずつ落葉している。だから、私の家の周りは、毎日箒を持って歩いても無駄ではない。

私は落葉掻きの仕事は、なるべく他の者にやらせない。集めた奴で焚火をする。秋から冬の、よく晴れた空にあとからあとからとのぼってゆく煙を見ていると飽きない。落葉掻きも、焚火も、ただ手や足を動かしていれば出来ることで、頭は別の方に使える。勝手なことを考えながら焚火をしている時間は、私にとってなかなか幸福な時間である。落葉掻きや焚火が出来るというのは、身体の調子が良い証拠だからだ。こんなつまらぬ（と他人には見えるだろう）ことが、私にとっては、何年もの間、いかに希んでも出来がたいことだったのだから。

話は違うが、かつて私は大酒飲みだった。今は飲まない。飲みたいとも思わない。何年かの断酒が、私の身体とアルコールとの間のつながりを、自然とたち切ってしまったのだ。

「飲みたくないか」

何かの席で、昔の飲み仲間と同座すると、相手は決って云う。彼は、申しわけに盃を受け、二三杯飲むとそれを伏せて了う私を、不思議そうに見る。そんな筈が無いという目附きだ。

「欲しくない。飲めば飲めるんだろうが」

「そんなものかなア」

　彼は、自分ばかり飲んでいるのがテレくさいのかも知れない。また内心、飲めなくなった私を、あわれんでいるのかも知れない。しかし私は、彼にテレて貰う必要もなく、こっちを憐れんで貰うこともないのだ。飲みたい、という慾を圧える気持もないが、その慾が無ければ、それはそれでさっぱりして良い、と思う。

　酒についてはそれで済むが、足の方はそうはいかぬ。私は、歩きたい。

　歩きたい、というのは、足をもって生れた私として、許さるべき願望であり、主張だと思う。酒は口から飲むが、口は酒を飲むためにつけられたものではなかろう。入れるものとしては、食物の方が本筋だろうと思う。第一、口が無かったら、ものを云うことが出来ない。つまり口は——口の方はもういい。足である。私は、足で何かを蹴っ飛ばそうというのではなく、只単に、歩きたい、というだけのことなのだ。これほど謙虚な態度があろうか。

　自分で謙虚だなどと云うのは本当の謙虚でない、という説もあるが、理窟はともかく、歩くという用途のために生れながら具《そな》わっているものを自由に使いたいというだけのことである。どう値切りようもない最低のベースだ。

それにしても、全く歩けなかった身体が、一キロを往復しても何の障りもなくなったというのは、全く素晴らしい。家の周りをうろついて、落葉を掻いているうちには、だんだんと足も強くなって二キロ三キロと歩けるようになるだろう。やがては、会遊の地の、美しい風光に再び接する折がやってくるに違いない。いっぺんも旅に連れ出したことのない家内に、自分の好いと思っている景色を見せてやることが出来るだろう。

私は、大きな靴をはいて、ガッシガッシと歩いている男を見ていると、うらやましさに耐えない。大きな頑丈な靴を軽々と運んでいるその男が英雄のようにさえ見えてくる。

（あいつは、ああやって歩いていることを、全然何とも思ってないに違いない。あんなふうに歩くというのは、なかなか出来がたいことなのに、あいつはそのことに全く気づいていない。）

リズミカルな両足の運動に見とれているうち、男は角を曲ってしまう。

（しかしあいつは、馬鹿者かも知れないな。なぜと云って、歩く、ということの醍醐味が全然判っていないじゃないか。そこへいくと、俺は、一時歩けなくなったおかげで、いかに歩くということが良いことか、骨の髄まで判ったんだ。ああいう鈍感な奴は駄目さ。）

私は細い両足を踏張って、そんなことを考える。しかし、内心は面白くない。

先日、若い物乞いの男がやって来て、

「またこの辺をぶらついてます。宜しくお願いします」と云った。

「いつ帰ってきた？」

「十一月初めに戻りました」

「それで、来年の春にはまた出かけるのかね」

「そうです」

「いいなア」と思わず云うと、

「ご冗談でしょ」と苦い顔をした。からかわれたと思ったのだろう。彼としては無理もない。

この男（三十近い筈だが）は、一昨年の春、初めてうちへ物乞いに来た。口笛を吹き吹き、暢気な顔でやって来た。訊きもしないのに、これからだんだんと日本を北へ歩いて、青森県八戸附近まで行くのだ、と云う。その附近の農家で働いて、やがてまた南へ南へと志し、晩秋の頃、この地へ戻るとのことだ。

「日本の半分をそうしてぶらりぶらりと歩くのは、いいだろうなア」

「今日みたいな天気が良いと好いんですが、雨が降るといやですよ」

「雨は困るな」

内原訓練所で教育され、青少年開拓団の一員となって北満へ渡った。間もなく敗戦になり、うまく逃げ帰ったはいいが、北海道で炭坑夫をやっているうち落磐で右手右肩がおかしくなり、失業した。それ以来のルンペンだという。肉親が無く一人身で、それに生れついての暢気者らしく、さばさばしている。何となく好感が持てたから、草むしりをさせて日当をやり、リュックの古手を与えたりした。喜んで、北の方へ発っていった。それが始まりで、春秋二期には欠かさずうちへ寄るようになった。渡り鳥そのままである。

ご冗談でしょ、と云われて、なるほどこっちの特殊な気持を知らないのだから、ふくれるのは当り前だと思った。

勿論、ルンペン生活を良いとは思わない、やって見たいとも思わぬ。ただ、彼の有つ「歩くことの自由」が羨ましいだけである。

文無しの時には、端《はし》た金でも嬉しいものだ。一キロを往復して喜んでいるのは、それと同じわけだろう。これで、昔のように平気でいくらでも歩き廻れるようになったら、家内を連れて、などという殊勝な心がけは忘れ果てるかも知れない。

ともあれ、私の今の希いは、自由に歩き廻りたいということだ。誰でもやっているそんなことが、どうして私に出来ないのだろう。実に謙遜な願いなのだが。——

上高地行

一

去る十月中旬、信州上高地へ行った。五年前、四十七年の九月末にも行っているので、戦後これが二度目である。

大体が出不精の私は、あまり方々へ行っていないが、上高地だけは例外で、戦前五、六度も出かけている。第一に、島々から上高地に至る梓川の渓谷や、上高地附近の山々の眺めが性《しょう》に合っているせいだが、その上に、私が行くと割安で泊めてくれる宿屋があったからだ。その宿屋は今もあって、私は他の家には泊らない。

敗戦の前年、昭和十九年七月末、四十歳で死んだ文芸評論家青柳優《ゆたか》の一族が経営する旅館があって、そこが私の頼りにする宿屋である。青柳は私より五つ齢下だが早稲田の学校では二級下で、彼は英文科を出た。第三次『早稲田文学』の編輯《へんしゅう》同人になり、文芸評論家として一部から信頼されていたが、惜しくも若死した。

青柳優の他界後丁度一ヶ月目に、私も彼と同じ病気胃潰瘍にやられ、彼と違って手術も叶わぬまま、郷里なる現住所に退込んで療養生活に入った。

青柳健在の頃は、夏山の季節が終って客足の落ちた九月末から十月にかけての半月、ある年は一ヶ月にもわたって、下宿人なみの費用で滞留させてくれたから大助かりであった。そんなに長く居ても、私は山登りをしたことが無い。女子供でも登れる焼岳へは三度ばかり行ったが、あとは田代池だの明神池だのへ散歩の足をのばす程度で、宿屋にじっといる時間が多かった。たった一度、ある事情から発憤して奥穂高登頂を企てたことがあるが、天候急変、涸沢《からさわ》小屋にとじ籠められ、翌日、強風と氷雨の中を這《ほ》う這《ほ》うのていで逃げ帰るという始末だった。

一時は危ないと人から見られ、自分でもそう思った病気も、幸に回復に向い、戦後十年目あたりからは、一人で小旅行ぐらいできる体調となった。かつて親しんだ上高地の眺めに再会したい気持も湧いたが、そんな図に乗り過ぎた望みは好くない、と自分を圧えつづけた。

それがついに圧え切れなくなり、妻とその謡仲間の婦人二人を連れ、思い切って出かけたのが去る四十七年の九月のことだ。戦前、上高地を見た最後が昭和十六年秋だから、足かけ三十二年ぶりとなる。

戦後の上高地は俗化した、昔のイメージを壊されるだけだから行くな、という人があった。それはそうだろう、と思った。ディスカバー・ジャパンというような懸け声と共に「俗化」したのは上高地だけではない。会遊の地への再訪のたびに私はそれを見ているので、今更驚いたり嘆いたりはしないつもりだ。重装備の登山者とハイヒールの娘たちが入り交って歩き廻る上高地の姿は珍妙なものに違いあるまいが、私は上高地へ人々の雑踏を見にゆくのではない。あの紅葉や山々に会いにゆくのである。

私は大体、妻をともなって旅に出る習慣を持たぬので、妻は上高地を知らない。私だけ再々行っている上に、梓川渓谷の紅葉の好さ、山の眺めの好さをしきりと口にするものだから、一度ぐらい連れて行け、と妻は言い出した。よし、と言い乍らなかなか実行できなかったのは、一応回復したとは言え、大きくひびの入った身体に自信が持てなかったからである。

そうしてだんだん齢をとり、私は七十歳を越えた。先が無い、という考えが切実感を以って私を打った。四十六年から七年にかけて、長年の師友が、文字通りばたばたといった有様で鬼籍に入るのを見ると、我知らずいきり立って、

「おい、上高地へ行こう」と口走った。

「どうしてまた、急に……」

「今月下旬なら、そろそろ紅葉もいいだろう」
「大丈夫ですか。約束だからって、何もそんな——」
「そろそろ足腰が怪しくなった。行くのなら今のうちだ」

上高地は未だなので是非、と同行を申し出た二人の婦人は共に主婦だが、妻より若い。そういう二人が居ることは、何かの場合の心頼みになる。父方からも母方からも、遺伝的に、いつどこでひっくり返るか判らぬという気がかりを持つ私としては、万が一の場合に好都合だ。妻は暗黙のうちに了解しているが、二人の同行者には、そんな下心などおくびにも出さない。

今は青柳優の弟が主人となり、成年となった青柳の遺児もそこで働いている上高地温泉ホテルでは、私共を厚遇してくれた。戦前のような甘え方はすべきでなく、しもしなかったが、故人と私との関係をよく知る現主人は私共を特別に扱ってくれた。

温泉ホテルに一泊、翌日は河童橋まで歩いてその辺をぶらぶらし、あとバスで中ノ湯から安房《あぼう》峠を越え、平湯を経て高山に至った。高山市内の要所をタクシーで廻り、下呂温泉に一泊、あと名古屋城など見物して帰着した。

しかしこの上高地行きは失敗だった。天候は好く、山の眺めも好かったが、紅葉には早かった。信濃路、飛騨の山、共に紅葉は序ノ口というところだった。

二

青柳優に誘われて、私が初めて上高地へ行ったのは昭和十三年十月上旬のことで、月いっぱいいた。このとき、焼岳へ登った。青柳ほか一人の三人連れだったが、出発が遅かったため、頂上の岩塊にとりついたときは夕闇が濃くなり、おまけに強風で、四方の展望が利かなかった。用心しながら中尾峠の小屋まで降りたが、私はこのまま宿へ帰るのが残念でならず、ランタンを頼りに夜の山道を上高地へ戻る連れを見送ると、一人中尾小屋に泊った。

好晴で強風もほぼおさまった翌朝、私は一人焼岳に登り、風向きをはかって硫黄の噴気を避けながら頂上を歩き廻った。四方の眺めが好かった。乗鞍、霞沢、明神、穂高、槍などの諸峰は旭日で輝いているのに、上高地には未だ陽が差していなかった。眼下の大正池では、浚渫船《しゅんせつせん》がカラカラカラと澄んだ音を立てていた。火山灰の積った頂上は、歩くと一足ごとに二寸ばかりくぼんだ。その上に長々と仰臥《ぎょうが》して、澄み透った空を長い間見ていた。

空は碧い。全く、どこまでも碧い。蒼穹というのはこれだな、と思う。目を見開いて、碧空を、どこまでもと見詰めているうち、深い碧の彼方に闇黒《あんこく》を見つけた。

宇宙は闇黒である、といった予備知識みたいなものが私に作用したのか、長い凝視による視覚の乱れに由るのか、その辺は定かでないが、約四十年前の晴れた朝、私が焼岳の頂上から凝視した碧空のうしろは、黒黯々《あんあん》といったものだった。

中ノ湯から安房峠を経て飛騨高山へ出る自動車路が完工したのは、この年の十月末で、青柳は道路開通を待ちかね、「一番乗りだ」と自慢しながら私をハイヤーで高山まで連れていってくれた。峠の頂上で「ここからが飛騨だよ、ひと休みして行こう」と青柳は車を停めた。道の両側には黒檜《くろび》の原始林がつづき、休み小屋も何も無かった。

あしびきの山のはざまの幾曲りあなかそけくも人の棲み居つ
みすずかる信濃を過ぎて飛騨の路車を停めて小便をせり

斎藤茂吉張りと自称するそんなものを即製して青柳を笑わせた。
車共々高山の、青柳の知る宿屋に一泊、翌日は市内を見物してから同じ帰路をとったが、平湯で一と憩みののち安房峠にかかる頃激しい雷雨となり、頂上あたりでは氷雨から雪になった。黒檜の密林に斜めに降り込む雪が美しかった。

中ノ湯までの九十九折《つづらお》りの下り路は、夕闇も迫ってちょっと危ない感じがした。中ノ湯の灯りを見てほッとした。梓川にからんでどんどん登り、大正池のほとりに出ると、正面の前穂高の上半分が新雪を冠って夕闇の中にくっきりと見えた。

五年前に四人連れで同じ路を通ったときは、昔と違ってすべて舗装されて居り、大きな観光バスながら危険は感じなかった。

三

昭和十四年にも、十月中旬上高地へ行き、十一月初め宿が閉まる迄居て、宿の人たちと一緒に松本へ降りた。

この年は洋画家の安井曾太郎夫妻も長逗留で、安井さんは宿の二階の部屋から、梓川をはさんで正面にそそり立つ霞沢岳を、可なり大きな画布に描いて居た。

十四年は、私にとって、一口に言えばみじめな年だった。一月に上の弟（三十五歳）、四月に下の弟（二十七歳）、九月に私の二男（当歳）をそれぞれ病気で亡くした。運命みたいなものの悪意に腹を立てる元気もない私のところへ、上高地なる青柳から手紙が来た。

「赤ちゃん亡くなられた由謹んでお悔み申上げます、大きな赤ちゃんだったのに実に残念なことでしたね、散々看護なさった奥さんの御愁傷さぞかしと思います、今年はあなたも兄弟二人にも死なれ、また子供を亡くしでは大変ですね、山も近頃はすっかり閑散で宿泊人五人七人というような状態なので、女房とそんな話をして居ます、どうか元気を出して新規蒔き直しにやって下さい、僕たちも近日中に帰京しようと思っておりますが、僕は女房子供を東京に置いてまた下旬こちらへ来ます、その時一緒に来るような都合にしませんか、いずれ帰京の節お訪ねしますが御自愛のほどお願い申上げます、女房よりも、くれぐれも奥さん御身御大切にとの伝言です」

九月十五日づけのこの手紙を受取ったのが十七日か八日か。子供が死んだのは同月八日だった。妻は丁度二ヶ月間、入院中の子供につき添っていた。私は小学校下級生の長女と未就学の長男とを抱えて留守を預った。ふだんは妻のやることを二ヶ月もつづけて私は労れ果てたが、妻の方がもっと大変だったろう。両方とも、何をしようという気も起らずぐったりしていた。そういうところへの、青柳からの手紙だった。

「気分転換——そうだな」と私は呟いた。

「俺は山へ行くとして、あと君は大丈夫か」

「行って下さい。あたしも気分転換できるかも知れない」

「そうだな」

留守中の手当が必要、という気持に押されて、書き渋っていた仕事に手をつけた。私は短篇を二つばかり書き上げて雑誌社に渡した。それがため、青柳に連れられての上高地行きがいくらか延びて十月半ばになった。出発の四日前、十月十日、私は淀橋区諏訪町の寓居に胆石を病む志賀直哉を訪ねた。志賀さんは六月初め病を発し、その頃未だ寝たり起きたりの状態だった。

「今年になって三人とは、ひどいね」

悪い顔色で横になっている志賀さんが、目をつむったまま言った。

「ちょっと参りました」

「広津君のところでも、二人とられたし——」

しばらく黙ったのち、

「上高地は半月ばかりの予定です。先生もどうかお大事に」

「ああ。——上高地では、山へなんか登らぬ方がいいね」

「はい」

深く礼をして辞した。高田馬場駅の方へのろのろ歩きながら、母堂と一人息子をつづけてうしなった広津和郎のことを考えた。俺より広津さんの方がもっと辛いだろう、などと考えた。

この年の九月一日、ドイツ陸空軍がポーランドへ進攻、第二次世界大戦が始まっていた。

温泉ホテルの私の部屋も、霞沢岳と向き合っていた。向き合っている、というより、早くも入れてくれた大きな置炬燵に足をつっ込んで外を見ると、霞沢岳は広い窓を塞いで、文字通り立ちはだかっているのだ。梓川の向う岸（左岸）にある化粧柳の群落、その向うの道路（これは見えない）から、そそり立つ霞沢の裾の急斜面にかけての唐松の林も、すべて黄葉のさかりだ。宿がすでに五千尺の高地にあり、霞沢は更に三千尺のび上っているので、ギザギザの山稜の上の空を見ようとすれば、窓際まで近寄らねばならない。

しかし、昼はまアいい。私の見慣れた箱根・足柄の山々とは比較にならぬ峻厳さ、前者の女性的な柔かさとは対蹠的に荒々しい山容が物珍らしくて、結構眺めて居られる。山腹につき立った一本の枯梢に大きな鳥がとまって、いつまでも動かずに居る。青柳に訊くと、イヌワシとのことだったが、いかにも悠然といったその様子に感心する。山稜近くの岩かげに、何かが動いた感じがして、カモシカではないのか、と目を凝らしたりする。

ある夜私は、深夜一時二時の頃、カーテンを引かず、山々を眺め入った。霞沢につづく六百山の上空高くのぼった月を見ていた。真黒な空に、ぽっかりとうかんだ真円《まんまる》い月が、何かつくりもののように見えた。月の光りのもとに、それぞれの恰好で黒くわだかまる山々峰々が、生きもののように見えてきた。風は無くて木々は揺がず、梓川の川音だけが絶えない。山々は昼眠って、夜、月と共に起きているのではあるまいか。山々は彼らだけに通じる表示法で、今何かを語り合っているのではなかろうか――

私は、最近つぎつぎと自分を襲った不幸をめぐってのさまざまな想念のため、その夜は暁近くまで眠らなかった。

四

翌日、朝食抜きで大寝坊をした私は、けろッと言いたい感じで、日常感覚に戻っていた。そうして、昨深夜の、古代人のアニミズムめいた感覚は、ほぼ十年前、深夜の奈良公園鷺池の浮見堂で、黒々とうずくまる山々を見詰めるうち突然襲った奇怪な妄念と同じものらしい、と気づいた。

何かに追いつめられた、せっぱつまった、と感じたとき、俺にはあんな状態に陥る癖があるのか、奈良でのときは、誰に死なれたわけでもなく、ただ志賀直哉を間近く見ることによって、自己の無力を腹の底から知らされただけのことなのに――。

私はしかし、朝寝坊をしたおかげで、夜中の思い詰めみたいなものから抜け出すことができた。霞沢岳をにらみにらみ画筆を動かす安井さんのうしろに立って、山と画面を見比べたりした。奈良に居る時分、公園を歩いていて、しばしば画架をのぞき込んだものだ。奈良在住の画家もあり、東京その他から描きに来る人もあった。小見寺八山、小野藤一郎、若山為三氏など心易かった人たちはもう亡くなった。鈴木信太郎、九里四郎、新井完、山下新太郎氏などの画筆の運びも見た。画家たちの筆使いは、その人ごとに特徴があった。上高地で見た安井さんの筆の運びは、ゆっくりと丁寧だった。奈良で見た山下氏の筆使いは、こまかくて速かった。

青柳の甥の加藤水城《みずき》は、安井さんに就く画学生だった。彼は上高地の画ばかり描いて安井さんに見て貰っていた。その時分（二十三か四だったろう）の彼の描く山の画を、安井さんはあまりほめなかった。

「僕はこの冬、ここに籠って雪景色を描くつもりです」と彼は元気が好かった。

その水城君から、私より半月ほど前ここへ来た安井さんの奥さんが、先日槍ヶ岳登頂を果したと聞かされて、文字通り仰天した。

「えッほんとか！」と私は叫んだ。

「ほんとですよ。もう少しというところでアゴを出したけど、三十分ばかり憩んだらまた元気が出て、とうとうやっちゃいました」

「ふうん」

私は考え込んだ。安井夫人は、多分四十代だったろう。体格は好い。好いというのが平地向きであって、山登りに適するとは思えない。つまり、相当に肥っている方なのだ。

「あの身体でねえ。そうか」と私は首をかしげた。するうち、勃然といったかたちで私の中に湧き上るものがあった。

「よし、僕は奥穂高へ行く」

「奥穂をやる？　あなたが？」

加藤水城は私をじろじろ見た。

「だってね、女の人が、あの齢で、しかもあの身体で――安井さんの奥さんは、山に慣れてるの？」

「いいえ、山登りは初めてです」

「なおさらだ。僕は奥穂にする」

「青柳が何て言うか――とにかく僕としてはおすすめできませんね」

「いいよ。青柳君には僕から話す」

「安井さんの奥さんが槍をやったのはほんとだけんど、だからって、何もあんたがそんな謀叛を起すことはないでしょ」と青柳は顔をしかめて冷淡に言う。

「君の言う気分転換だよ。そして新規蒔直しだ。手紙にそう書いて来たじゃないか」

「書きましたがね、ことによりけりだ」

私は、青柳を、早くいえば、口説いた。何か一つ、わッと気の晴れることをやらない限り納まりのつかぬ気持である、その辺の察しのつかぬ君でもあるまい、奥穂高へというが、是が非でもってわけじゃない、天候、体調によっては、潔く途中で諦める用意がある、無理なく行けるところまでということで、協力して貰えないだろうか。

結局、青柳は承知した。実は、涸沢小屋が改築されたについては、同業のよしみで挨拶に行こうと思っていたのだ、ついでだからあの小屋まで連れて行こう、但し、十月もこう押しつまると天候がいつどうなるか判らぬ、天気次第で直ぐ引返すが、僕がリーダーだから有無は言わせない――青柳は固く念を押した上で、明日好晴なら出かけよう、と言ってくれた。

翌日、青柳、私、平さんというポーターの三人連れで田代橋に近い温泉ホテルを出た。私の分の荷物は二人が背負ってくれたので、私は先に金具のついた丈夫なステッキ一本を振り振り、元気よく歩いた。明神池までしか来たことのない私には、徳澤も屛風岩も横尾の岩小屋も初見でキョロキョロしながら歩いたが元気は好く、当時涸沢小屋まで普通六時間というのを、五時間半位で辿りついて、「案外達者だね」と青柳からほめられた。「僕だけ手ぶらだもの」と謙遜しておいた。

池の平の万年雪を、勿論初めてみた。何人かの学生がスキーで滑っていた。

小屋には、先着で三人の慶応大学のパーティーが居た。青柳は小屋の主人と同業者らしい話ばかりしていたが、やがて私の方を向いて「どうやら怪しくなったね」と言った。実は私もそう思って、気にしていたのだ。夕闇の迫ると共に風が強まり、霙《みぞれ》を運んできた。

あてにしていた翌日は朝から強風で、ときに霙が慌ただしく通過、指呼の間といったところにある奥穂高は、激しく動く雲の流れで顕れたり消えたりした。
「駄目だな、これは」

十時近くまで待ったのち青柳が宣告するように言った。「駄目だね」と小屋の主人が応えた。
「直ぐそこじゃないか」と言い募る私を誰も相手にせず、降《お》り支度を始めた。重装備の慶応三人組が、お先に、と出ていった。

やがて、「じゃあ、われわれもぼつぼつ」と立上る青柳にくっついて、ぶつくさ言い乍ら私も降り始めた。暫く行くとポーターの平さんが代って先頭になり、青柳が私のうしろに廻った。横尾谷の凸凹路で私が風に煽られ、濡れ岩に滑って膝をついたりすると、青柳が「気をつけて。落ちればそれっきりだ」と声をかけるのだった。

奥穂高登頂は叶わなかったが、私としては、涸沢小屋まで行けたので、さして不満も覚えなかった。登路で元気を出し過ぎたため、帰路の方が時間がかかり、しかもあっちこっち擦り傷をつくって温泉の湯がしみたが、私はそう不愉快にはならなかった。

十五年は、春と秋と二度行った。

十六年は、例年通り秋に長逗留をした。その頃日本は第二次世界大戦突入の気構えを見せ始めた。私が上高地から帰って間もなく、友人の誰彼が、軍報道班員として徴用された。私も半ば覚悟していたのだが、結局何も言って来なかった。

五

五年前の上高地行きが紅葉には時期尚早という失敗に終ってがっかりした私は、何となくそのことにこだわっていた。

「幸福とは、共に見ることである」と、西洋のある小説家が言ったそうだ。その、ある小説家というのを、私はマンスフィールドだと思い込んでいたが、『マンスフィールド短篇集』とか『マンスフィールドの手紙』とかの翻訳書を読んでも、そういう個所を見つけることができないので、これは私の覚え違いだったかも知れない。ただ、誰かがそういう言葉を吐いたことは確からしい。私は、以前から、これは至言、というと大げさだが、味のある好い言葉だと思っている。

何ごとでも何ものでもいい、例えば景色とすれば、自分が、美しい、素晴しいと感嘆した眺めを、親しい者、また好きな友などと共に受容することは、たしかに人間の享け得る大きな幸福感の一つだと思う。そうして、この言葉の応用範囲は極めて広く、且つ深いと考える。

連れを喜ばせ、自分も喜ぶつもりの山行が、事志と違《たが》う結果となったので、ひそかに再挙をたくらんだのである。

今年（五十二年）の五月、妻ともう一人の女性をともなって、博多湾能古ノ島へ行き、檀一雄文学碑除幕式に参列、翌日は、長い間の念願だった阿蘇噴火口の見物を果した。帰宅後の数日間、息をひそめるようにひたすら謹慎、様子をうかがったが、何物からもおとがめが無かったので、今年は調子がいいらしいぞとほくそ笑み、秋には是非上高地へ、と心に決めた。

所期の目的を遂げるためには、体調、天候、紅葉の時期と三拍子が揃わねばならぬ。体調は良、天候はあなた任せ、あとは紅葉である。温泉ホテルへ再々電話し、紅葉の時期と、客室の工合とを相談した。そして、十月十七日出発、十九日帰着と決め、乗物類の切符など早々に手配した。

あなた任せの天候は、出発時の神奈川県地方が曇り、小雨。午後、梓川の渓谷に入る頃は晴天で、紅葉は最盛期だった。三人の女たちは大いに喜び、私は鼻を高くして、少しうるさいかな、と自分で思うほど説明癖を発揮した。

翌日も晴れで大いに気を好くし、九時半頃宿を出、梓川右岸をぶらぶら歩いて、写真を撮り散らしながら河童橋まで行った。観光バスが着いたところらしく、ここは相当の人ごみだった。

喫茶室で一と憩みしながら考えた。更に遡って明神池を三人に見せてやりたい。河童橋から池までは、片道三・四キロと橋際に掲示してある、温泉ホテルからここまでですでに一・三キロ、これを加算しての往復なら十キロ弱になる――こう計算して、私は少したじろいだ。どうしたものか。

明神池を三人に見せてやりたいとは、出発前から考えていたことだ。自分がそこまでくっついて行って説明癖を満足させ、彼女らの喜ぶ顔を見て更に満足する、というのが最良だが、池まで歩くことは、今の自分にとっていささか無理らしく思われる。多分宿はそう混んでは居ないだろう、誰か一人雇人に案内して貰うこと位できるかも知れない、多分できるだろう——漫然とそんなふうに考えたのが間違いのもとだった。宿は不時の団体客を迎えて忙しく、虫のいい私の心づもりは消し飛んだ。

(折角ここまで来たのに。俺には、重ねてここまで来る機会はもう無いだろうのに。)

そう思うと共に、例の勃然たるものが私の中で湧き上った。

「そろそろ出かけようか、あと一里足らずだ」と私は立上った。

「え？　明神池へ行くんですか？」と妻が言う。

「君たちだけだって、一本道だから迷うことはないが、ガイドつきの方がいいだろう」

「先生、大丈夫ですか。あたしたちだけで行って来ますけど」

「若し途中で、駄目らしいと思ったら、この店へ戻って待っている。帰りは池の近くにある橋を渡って、対岸を下った方がいいよ」

「じゃあ、行けるところまで行って下さい。あたし、杖を買う」と、妻は売店で桜の杖を選びにかかった。二本とり上げるのを見て「俺は要らない」と言った。

梓川右岸を遡る。戦前のこの路は、熊笹の間をうねうねと辿るところもあったりして、歩きにくい山道だったが、今は車が往き交える幅を持ち、曲折も少くなっている。但し、舗装はしてないので角張《かどば》った大小の石がごろごろしている。そうして、ある時期を限ってらしいが、鎖を張って車の通行を禁じてある。――途中でへたばっても、河童橋までは歩いて戻るわけか、相当の覚悟が要りそうだな、と思った。

六

自分の感じとして遅くなく、また速くなく歩いて行く。つまり自分のペースで行く。歩く、という意識なしに、足を運ぶ。努力感を覚えぬ歩き方。あと何キロとは考えず、もう何分何十分という計り方をする。

そういうやり方で歩いて行くと、いつの間にか女達との間に差がついている。五米、十米と、徐々に私が先行のかたちとなる。二十米ぐらい離れると、私はあたりを眺めながら、彼女らが近づくのを待つ。ならぶと、また前と同じペースで歩き出す。

「先生は、足が速いですね」

四十ぐらいで、一行中最も若いS女が言う。

「速くはない、あんた方が少し遅いんだ。あんた方のペースで歩くと、僕は疲れてしまう。僕には僕のペースがあって、これより速くても遅くても疲れる」

「はア」

「電車や車の、経済速力という奴だろうね。もうスタミナがないから、何ごとにも要領が大切なんだ」

「はア、そうですか」

青年男女四、五人が元気よく追い越して行く。そういうのに釣られる気は全くない。大体この右岸の道を明神池への往路とする人より、左岸を往ってこっちを帰路とする人の方がずっと多いようで、進むにしたがいすれ違う人の数がふえて来た。七十を過ぎたと見える老人夫婦がゆっくりとやって来たときは、何となく顔がゆるんで、思わず「こんちは」と声をかけてしまった。向うの二人も殆んど同時に「こんちは」と言った。大丈夫池まで行けそうに思えてきた。気のせいか足が軽くなったようだ。が、ペースを崩してはならない。腕時計をのぞいて「あと三十分か。よし」と思った。

とうとう池に着いた。

明神岳の裾にあるこの池は、自然に出来たものらしいが、自然の工《たくみ》の妙を思わせる美しさを多分に持つ。池畔に穂高神社奥宮がある。池には、岩魚らしい魚影があった。女たちは、飛石のように池中へ並び出た石に立ち、代る代る写真をとったりして喜んだ。

「戦争前の話だけど、Tという宮さんがお揃いでここへ見えたことがある。この池は以前から禁漁だったのを、宮さんなのでそんなことは言わず釣をすすめた。妃殿下が喜んで釣糸を垂れると、ついて来た山案内の常さんという老人が、『あ、女衆《おんなしゅ》、そんなへっぴり腰じゃあ、イオは釣れねエ』と妃殿下に注意を与えたそうだ。お附きの連中や土地の人たちはギョッとなったが、宮さん二人は大いに笑ったそうだ」

私は、ともかく明神池まで歩けたことで気を好くし、昔青柳から仕入れたそんな話を持出して女たちを笑わせた。

池への入口左手にある嘉門次小屋で、いろんなものがごたごた入ったうどんを食べた。ゆっくり憩んでから、梓川にかかる橋を渡った。以前は中洲を歩き、岸に近い丸木橋を注意深く渡ったものだが。

左岸の、大体流れに沿った道は北アルプス諸峰への登路の本道である。四十年近く前、涸沢へ行ったときに歩いた道だ。それを逆に降る。昔の面影が多分に残っていて、往路より眺めに変化がある。しかし私はペースを崩さず進む。蹠《あしうら》に少し重味が感じられる。降りにかかると一瞬膝の力が抜け加減になる。膝が笑い始めたか、と思う。しかし私は、知らん顔で同じペースを守る。あと四十分、三十五分。河童橋まで戻れば、あとは車で宿まで帰ってもいい。あと三十分。二十五分。

とうとう河童橋際に着いた。とにかく先ほどの喫茶室に入ると、ゆったりした椅子に身を任せるように掛けて、四人顔を見合せる。はっきりと疲れの出た顔に、誰もがやれやれといった笑いをうかべる。

十分に憩んでそこを出る。車を頼む必要もない。梓川左岸を田代橋まで下り、それを渡って宿へ帰ることにした。あと、約一キロ半だから大丈夫だ。河童橋の直ぐ下手《しもて》に、ブナらしいが、何本かの老木が、流れに身をのり出す形で並んでいる。それらを指さしながら、私がしゃべり出した。

「昭和十五年には、春と秋と二度僕は上高地へ来たんですよ。春ここへ来たのはその時一度だけだが、若葉の季節も素晴しかったな。春といっても、六月早々のことで、これは長逗留ではなく二泊でしたがね。井伏鱒二、高見順に僕の三人が、青柳君の肝煎りで、内田常次郎――明神池で、T宮妃殿下をつかまえて、へっぴり腰と言ったあの常さんを囲む座談会をやった」

「山男を囲んで、素人山を語る」というのが長野県観光協会（?）主催で行われ、青柳の斡旋で三人が上高地へ来た。その時、釜トンネルから上は、雪のためバスもハイヤーも不通だった。一行は坂巻温泉から歩くことになった。肥って、登山向きでない体格の井伏鱒二が、遥かに山を打ち望むようにして「これから歩くのか。上高地まで何里あるの」と言った。「大体二里かね」青柳が応えると「二里か」と井伏は考え込んだ。このとき青柳の言った言葉を、なるほどと思って、私は今に忘れないのである。「山を歩くときは、あと何里と考えるより、あと何時間と考えた方がいいですよ」青柳は、信州安曇郡の山村に生れ育った生え抜きの山男である。

無事に温泉ホテルに着いた。その晩、飲み食いしながら、常さんを囲む座談会をすまし、翌日は、高見順、速記者、青柳優の三人が焼岳へ、井伏鱒二と私は岩魚釣り、と二手に分れた。

詳しいことは省いて、井伏鱒二が釣鉤を樹の枝にひっかけて癇癪を起した話を女たちに聞かせた。

「手応えがあったらしく、彼が勢よく竿を上げると、岩魚はかからず、鉤が樹の枝にひっかかっちゃった。いろいろやるがとれないのでとうとう癇癪を起して引ちぎろうとする。まアお待ちと留めて、僕がするすると樹に登って鉤を外した、という自慢話なんですがね、その樹がどうもあれらしいんだなア」

「まアあぶない！」

「ところが僕は、子供時分から、木登りが得意中の得意――しかし、去年からぴたりとやめました、もうあぶない」

「梅の木から、おっこちかかったんですよ」妻が口をはさんだ。しゃべりしゃべり唐松や化粧柳の下も通って、田代橋から宿へ帰り着いた。出てから五時間近く経っていた。

七

ゆっくりと温泉につかる。戦前より豊富で温度も大分高まっている。泉源に手入れをしたのだろう。蹠の重さ、ふくらはぎのつっぱりが軽くなる。別の部屋のS女、O女も一緒に夕の食卓につく。女たちのおしゃべりが愉し気なので私も愉快になる。

五十代のO女はかかとにまめが出来たと言い、S女は新しい靴下が破れたという。唯一人和服の妻は、裾で足頸がこすれたという。私の古靴の底には小さな穴があいた。それが左足なのは奇妙に思われる。

「先生の歩き方は、軽いですね」とS女に言われて、そうかも知れない、と思う一方、不思議だな、という気もする。

「四十六キロしかないのでね」

「あら、あたしと同じ。でも体重の問題じゃないと思います」と、小男の私より二寸も背の低いS女が言う。

「僕は、若いうちは確かに歩き方を身につけていたと思いますよ。それは僕が、中学校の五年間、うちから学校まで往復十七キロを毎日歩いたからです。片道八キロ半を一時間半で歩く。これは普通より二、三十分速い。朝少しでも寝ていたいから、自然とそうなるのです」

だが私は、二十《はたち》を越すと間もなく胸部疾患にかかり、東京の学校を一年休学した。それからは一切の運動ごとから遠ざかり、肉体的には甚だ非行動的な男になった。兵隊にもとって貰えなかった。

四十五のとき二度目の大病をして五年ばかり寝てくらし、あとの五年ぐらいは半病人だった。五十歳頃の私の脚は、股から足先までのうちで、一番太いのが膝小僧だった。『続・高見順日記』第五巻に、闘病中の高見の、自分の脚を写生した図が二枚、凸版で出ている。左脚の図には「これがわが足」、右脚のには「これぞわがあし」と鉛筆で書かれ、別に活字で「わが足を描く。歩かぬため足なえになってしまった。」としてある。それは、骨が皮をかぶっていて、膝小僧だけがヤケにふくらんだ、先ず脚とは言えぬものだ。五十頃の私の脚にそっくりだ。その時分、妻に扶《たす》けられつつ湯を使う私の裸を見た末の女の子が、「お父ちゃんのお尻、無いよ。もとはあったんだねェ」と言った。

「戦後の僕には、歩いたという記憶がないのです。神田の古本屋街を歩く、画やなんかの展覧会へ行く、そんなことがたまにあるけど、休み休みでも一時間とは保たない。散歩は嫌いだから、誰に何と言われようとやらない。そういうのが、急にその気になって歩き出したら十キロ――いったいどうなってんのかしら。不思議だなア」

「それは、中学生の頃の徒歩通学が利いてるんじゃないでしょうか」とS女。

「それも僕は考えたんだけど、何しろ六十年も前のこと、そのあと結構病気をしたから、とっくに御破算の筈だけどね」

「若いとき身につけたことは、案外根強くのこるんじゃないでしょうか」

「そうか」

私は、なるほど、とうなずく気持になった。学校の勉強、あるいは芸ごとの修業にしても、若い頃叩き込まれたことはなかなか忘れないらしい。精神や肉体の成長の過程に於て身につけたことは、その人間の血肉と化する率が高いのだろう。そういうことはありそうだな、と肚の中で合点々々をした。してみると、俺の「歩き方」は、長い間俺の中に眠っていて、たまに目を覚ます、というのか。不思議だな、一度ならず、全くの足萎えになったことがあるというのに。――そんなことを考えたが、口には出さなかった。

翌日、十時頃のバスで松本へ降りた。松本城見物をし、昼食を摂り、それでも新宿行急行の時刻まで相当の余裕があったが、誰も歩き廻ろうとせず、駅のベンチに掛けていた。誰にとっても、昨日の明神池行きは歩き過ぎだったらしい。

夜九時前に帰宅した。

翌二十日は一日休養。気になって、ときどき腰をゆすぶって見たりするが、異状はないらしい。

次の二十一日は、打合せによって、横浜に住むM君と横浜駅で合流、東京青山墓地に志賀先生の墓参をしてのち、渋谷東（旧常磐松）の志賀家へ向う。先生の七周忌である。志賀家の方々の他に、網野菊、藤枝静男、本多秋五、阿川弘之、紅野敏郎、奥平英雄、桜井勝美、三ツ木照夫の諸氏を交えて大いにしゃべる。私は、上高地で十キロ歩いたことを自慢たらたらしゃべった。

翌二十二日は、上野寛永寺で今東光の葬儀・告別式がある。出かける気でいたのだが、頭が重い感じなので、止めることにした。止めた方がいい、という指令が頭にひらめくのだ。私の中にある自動制御器のようなものが働くのである。その夜発熱した。

二十三日医者に来て貰うと、風邪だと言われ、注射を打たれた。

それから十日間、私は病人だった。三日目から四時間毎に服む薬を渡され、怠けずに服めと言われた。老人の風邪は、肺炎になりやすい、老人の肺炎は怖いのだ、と、私も心得ていることを、五十に近い医者がぶすッとした顔で言う。

「実は」と、上高地行きのこと、そこでの歩き廻りのことを話すと、ほかの方々はともかく、あなたとしては無茶だ、と医者は眼に角を立てた。それで弱っていたから風邪を引いたのだ、と断言した。

そうではないかとうすうす自分でも思っていたのである。「やっぱり年寄りの冷水でしたか」と言ったが、医者はにこりともしない。

高見順の「これぞわがあし」の図がちらつく。あれは全く印象的な画だ。この風邪が悪化して、余病併発とでもなったら、俺の足は再びあの画のようになるだろう、今に至ってそうなったらもうおしまいだな、と思う。

三十七年前の春、梓川のほとりで遥かな山路を望見し、「あと二里か」と呟いた井伏鱒二の顔を憶い出す。黙って笑っていた高見順の顔も。彼は長い脚で軽く登っていった。二人の姿をうしろから見て、並んで歩く青柳に向い「ジアリン（次亜燐？）服む人服まぬ人、だね」と言った覚えがある。明治大正の頃、そういう売薬があって、新聞雑誌の広告には、丸くて低い人と、細くて高い人の画像が並べてあった。

私の中に自動制御器のようなものが取りつけられたのは、敗戦前後の長患いを経てからである。その器械の働きによって、私はあらゆる面で、やりすぎ、エクセスというものと縁が遠くなった。限度を越えそうになると、私の活動はギーと止まる。

例えば酒。発病以後十五年間断っていて、もう好かろうと飲み出したら非常にうまかった。ところが、ある程度入れるとあと飲む気がなくなる。昔はこんなものではなかったのに。

　食いものにしても同様だ。うまいと思うものでも、ある限度で欲しくなくなる。私自身に摂慾という気持なしでそうなる。

　その器械を信用し、その作動にしたがって来たからこそ、ひょろひょろながらこの齢まで生きたのに違いない。

　だが、ものには一長一短がある。自動制御器の命にしたがう瓦全《がぜん》生活だけでは満足しがたい節があるのだ。「ええい、やっちゃえ！」という玉砕精神——暴発気分も、余り圧えられつづけると、当然気圧が上がる。そして、いきなり十キロ歩いて体力消耗、風邪にとりつかれたりする。昔から暴発癖のある私だけれど、戦後は瓦全派になったつもりだ。数年前から、電車の発車ベルの音で駅の階段を駆け上ることは止めた。得意中の得意なる木登りも去年からやめた。もう十キロ歩くことは止める。五キロぐらいにする。どこかに居るらしい意地の悪い奴に目をつけられ、にらまれては叶わない。

II

相変らず

文学者として、これからどうやっていくか、また、どうやっていかねばならぬと思うか、その辺につき、なるべく自己に即して答えよ、とのことである。

私は、自分としては大して変るまいと考えている。何か端し端しの点ではいくらか変ることもあろうが、大局に於て、根本的の意味では、相変らずに違いないと思う。

これで二十年近くも文学をやって来ているが、出発当初と今と比べて、殆んど変化は認められぬと自分で思っている。文章とか作風とか云う点でもそうだが、もっと根本的なもの、つまり、何故文学をやるか、と云うようなところでも、一向変っていないのである。多分これからも変らないだろう。

私は、理窟やイデオロギーから小説の仕事に入ったのでもなく、また、理窟やイデオロギーを基として小説を書いているのでもない。極めて判り易い気持から小説に入り、またそれを土台にして今まで仕事をして来たのだ。判り易い気持と云うのは、一口に云えば、人間を信ずると云うことである。実際私は、人間と云うものを信用している。人間の寄り集りである社会、社会生活、また人生と云うものを信じている。人間は好い、人生は好い、社会は好い、と云う気持である。厭な奴も大勢いるし、これではいけないと思われるような社会状態を見ることもあるが、大局に於いては信じている。すべてだんだん善くなって行くと楽観している。

日本の自然主義作品を私が好きでないのは、人間や人生に無闇矢鱈とケチをつけるからである。一と昔前のプロレタリア文学にも、取柄はあってもやはり矢鱈と社会にケチをつける気風があって、好きになれなかった。（尤も、この方は、プロレタリア小説そのものが下手だったことも可なりの原因になっている。理窟やイデオロギーは兎も角として、よくも出せたと思うような小説が大部分だった。）

人間は好いものだ、生きていることは好いことだ、と云う至極簡単な気持から小説を書いているのだし、また、この考えはなかなか変りそうもないから、従って私の小説も変らないだろうと思う。

こんな所へ引合いに出して失礼だが、井伏鱒二氏が、「自分は変らない」と云ったそうで（どこかの座談会でだそうだが）、それを取り上げて、井伏氏を非難している匿名の文章を読んだことがある。匿名氏の云う所にも一応の理はあるが、しかし、井伏氏をいけないとは私には思えなかった。新体制もクソもない、と云うのではなく、いつの世になっても自分の作品は悪いたちの作品ではないつもりだから、このままでやってゆく、との井伏氏の肚であろう。それで好いではないか、と私は思う。井伏氏が政治面に無関心だとか、政治の圏外に立って当らず障らずの所でやっているとか云うことは、そのままそれを非難としてぶっつけたって始まらない。井伏氏が政治に無関心だなんてことを云うのは速断に過ぎると思うが、それは別として、小説中に政治風を吹かせないからとて、かれこれ云うのは可笑しい。勿論吹かしたってかまいはしない。どっちだって好いのだ。

　私は、昔から床屋政談が大好きなくらいで、政治のみならず社会万般のことに大いに関心を持っているが、小説に案外それがはっきりとは出ていない。少しは出ているが、これは小説では内輪にものを云うのを自分の身についた技術の一つと思っている所からも来ているし、また、風（政治と限らず）を吹かすも吹かさぬも自分の勝手だと考えているからでもある。どっちのやり方でも、読者に何か感じを与えれば好いと思っている。私の感じて貰いたいことと云えば、さきに云った人間や人生への肯定感、相互の信頼感、善意である。大きな男が、かりにも一生をかけてやろうと云う仕事だから、いくら私だってかいなでな気持でやってはいない。冗談ごとではない。自分も納得し、人にも共感して貰える仕事を、と念じているのだ。

ひとり今度の新体制と云わず、何か社会状勢が変ると、慌てて着物を変えたり身振りをそれらしくしたりすると云うようなことは出来ない。ひどく無理をしてまで変らざるを得なくなると云うのは、根本的な心がけに落度があるからだろうと思う。変るなら変ってもいいが、その前に一応自己の不明を天下に謝すべきものと思う。文学者の書くものは、私的な文章とは違うのだから、責任をとる必要がある。進歩と変説とをすり代えるべきではない。

私は、今までの気持でやって行って、自分のためはともかく、他人のためにもまた国家のためにも悪いことはないと信じるから、このままの気持でやってゆくつもりだ。何かの事情から、私の書くものが、世のためにも人のためにも有害にして無益である、となったら、私も考える。しかし、考えても恐らく私は変れないだろう。そうなれば文学者として変るよりも、筆を折った方がいいと思う。長年自分は自分なりに考え、善なりと確信して、それで押し通して来たものが、いざ駄目であるとなれば、私はもう何も書く気は無くなるだろう。不明の罪を謝し、文学の前から引退がるまでだ。私は、転身とか転向とかの出来かねる、甚だ野暮で不器用な生れつきのようだ。

厭世・楽天

去る五月の、中旬だったと思うが、上京しようとして、身の廻りなどととのえているところへ、来訪者があった。全く知らぬ人だった。そして、何の予告もなく、誰の紹介状も持っていない。本人自身先ずそのことを云って恐縮している、と取次の者が云った。

予定の上り列車は、十時何分かに駅を出る。客が来たのは九時半近くで、これは九時十何分下曽我着の下りだったのに違いない。私の家から下曽我駅迄は、歩いて七、八分である。

私は客をちょっと待たせて、やりかけの身仕度を終り、客間に出ていった。顔色の悪い、一目で肺病と判る背の高い青年がいた。

私は、もう十分ほど経つと、ここを出なければならぬが、貴君は東京へ帰るのか、と訊いた。そうだと答えた。それならば丁度いいから、汽車の中でゆっくり話を伺おう、と云った。この人は、福島県人で、現に福島在住だが、昨夜東京の親類の家に泊り、ここへ来たのだと云った。

　客間での約十分間の話で、次のようなことが判った。

――東大農科を出て、農林省につとめているうちに、肺結核になった。目下つとめを休んで療養中だが、もとの身体になって、つとめに復帰することは、望みがない。月給も療養費も、今のところ貰っているが、遠からず期限が来て退職せねばならない。身体が立直ったとしても、病人として、新職業を求めるのはむずかしいから、自分は、前途を半ばあきらめている。病人として、静かに、世の片隅で細々と生きてゆきたい――。

　そんなことを話す彼の声は、背の高さに比して、ひどく小さい。そして、勢が無い。

　やがて、彼と私とは家を出て駅に向った。彼は、胸を曲げ、静かに歩く。私も病人だが、私の方が歩き方は元気が好い。

　東京までの汽車の中で、彼は、私を訪ねたわけを、ためらい勝ちに話した。それによると、彼は、私の地方に移り住みたいらしいのだ。

「私は、人なみのことはもう一切あきらめましたので……。どこか気候温暖な、風光の佳い地方の片隅に、小さな土地を借りるか買うかして、自分一人でこっそりと生きていきたいのです。肉体労働は無理なので、三十坪か五十坪の土地に小屋を建て、鶏を飼って、細々とやっていこうと思います。豚と山羊も飼いたいと思います。ほんの命をつなぐだけ——それも、いつまで生きられるか判りませんが、できるだけ謙虚な気持でやっていきたいと思います。——それで、適当な地をあれこれと考えたのですが、先生の作品で、この地方に誘われたわけです。実際に来てみると、夢に描いた通りで、こんなところに住めたら、と、いよいよ心を動かされましたのです」

　そして、彼のたのみというのは、私の近所に、どこか土地は借りられぬだろうか、農家の物置小屋の空いたのでもあれば尚結構だ、多少の資金は、兄や叔父が出してくれるから、二三十羽の鶏、一番の豚と山羊などととのえることができる。近所の農家に当ってみてくれないか——そういうことだった。

　私は、この彼の計画には、賛成できなかった。なぜなら、二三十羽の鶏、四匹の豚と山羊を、この病青年一人で扱えるわけがない。頑健な一人前の男でなければ処理出来ぬ労働なのである。その上に、飼料の入手がむずかしい。土地の農家は、自己生産の飼料があり、その上に、フスマその他を買っている。それでも足らずに、近所の家の台所のクズを貰い歩いているのが実状だ。病人の手に負える仕事ではない。

　私は、それはむずかしいでしょう、と云った。彼も、むずかしいことは覚悟のようで、「これは私の夢かも知れませんが……」と口ごもりながらも、やはり希望は捨て切れぬ様子である。

新橋駅前の小川軒で昼食を共にして、別れた。彼は、本所の叔父の家にまた一泊、明日福島へ帰るとのことだった。

八月中旬になって、私は彼あてに手紙を出した。適当な土地が見つからぬこと、土地の誰に訊いても、貴君の計画が無理だと云うから、止めなさい、――そんなことを率直に書いた。

彼から折返し返事があって、実は自分にも、あれが夢想に過ぎないと判って、あきらめていたところだ、騒がせてすまなかった、せめて御地の美しさを見ただけでも、宜かったと思う――そんなことを云ってきた。

私のところへは、病気の人からよく便りが来る。私が、病気をしながらも、どうやら生きついで、ぼつぼつ仕事をしているということが、病者たちにとって一つの慰めになっているのかも知れない。便りの節々によって、そのことがうかがわれる。

また、中には、病人のくせに、遠いところを訪ねてくる人がある。前述、福島県の人もその例だが、これには私は賛成しない。多分、身体に障るだろうからだ。

東京牛込の、津久土八幡に近く住むある青年が訪ねて来たことがある。二年前のことだ。このときも、一目で病人と判ったから、私は先ずその無謀を云った。

その後、元気らしいことを時々云って来ていたが、やがて便りが来なくなった。

今年の初夏、その青年の兄から、当人が死んだことを知らせて来た。私が悪いわけではないのだが、何か後味のよくない思いをした。

病人自身は、同じ病人たる私から、何かの意味で力づけを得ようとして、わざわざやって来たのだろうが、結果としてはまずいことになった。病人は、出来るだけ冷静に身を処すべきである。

私が、東京の桜木町の家で、こおろぎの鳴く早暁、大量の血を吐き下しして、意識不明に陥ったのは、丁度満十年前だ。

十年前の八月三十日の朝のことだ。

私は、末の女の子（満三歳）と二人だった。小学生である上の子供二人は、郷里の下曽我（現住所）へ学童疎開で来ていた。家内は、東京と下曽我とをかけ持ちで、一日おき位に往復していた。

一時意識をうしなった私は、三つの圭子が（多分私のうめき声で）目を覚まし、寄って来て、痛いのか、さすってやろうか、などと一人前のことを云うのに、ふと可笑しさを誘われた。しかし、完全に意識を取戻していた。苦しさのあまり障子を開け軒下の土に吐いた血を、子供に見せまいとして、土をかけたりする思案もうかんだ。

下曽我を、予定通り五時何分かの一番列車で発った家内が、八時近く、やって来た。私は安心した。気は楽になったが、身体の方は自分の力では動かすことが出来なかった。やがて、医者が来たり、近所の人がつめかけたりした。その様子で、自分が相当重態なことが判った。その夜、家内に向って、自分が駄目になった場合のことを少し話した。大して云うことも無かったが、多少はあった。それを云って了うと、私は安心して眠った。（と家内があとで云った。）

ところで、ついせんだっての八月三十日、丁度十年目だな、というようなことから、その時の話が出た。すると家内が、

「あの時、何か一生懸命云ってるんですけど、ちっとも聞こえなかったの。蚊の鳴くみたいな声で――」と云った。

「なに？　きこえなかったって？」

「ええ、きこえないんです。耳を口もとへもっていっても――」

「ふうん、そうだったのか」

「子供をつれて金沢へ帰れ――そう云ったのだけが、やっと判りました。あとはちんぷんかんぷん」

「ふうん。そうか。――しかし君は、いかにも判ったというふうな顔をしていたぜ、あのとき。俺は、すっかりしゃべって、これでいい、と安心したんだ」

「一生懸命しゃべっているのに、判らないと云っては悪いと思ったんですよ。気の毒になっちゃって、聞こえるふりをしていたんです」

「ふうん。それはそれでいいが、十年間も黙っているとは可笑しいね。あの時の話が出なかったわけでもないのに」

「何だか気の毒で云えなかったんです」そう云って笑った。私は、少し莫迦々々しくなったが、一方、それもいいさ、と思った。


　一寸先は闇、と人は云うが、この言葉に間違いはない。われわれは昨日があったから明日もある筈、という、何の証明も経ぬ仮構を信じて毎日を生きている。そして、ある日、突然明日を見失う。

　私の日々の、時々刻々の生活も、またこの規から脱してはいない。私は、そのことをいつも意識しているから、退屈しない。わが友尾崎士郎は、「梅花帖」第五号で、「一雄君は生活においては実に明朗闊達な楽天主義者であるにもかかわらず、死生観においては、むしろ宿命論者といってもいいほど厭世的である」と書いているが、これを読んで、自分のことは自分にはよく判らぬものだ、とつくづく感じたものだ。なるほど、自分の歩く恰好は、自分には判らない。

だが、云われてみればなるほどと思わざるを得ない。つまり、厭世の果の楽天だ、と私の場合は云えるかも知れない。

私を訪ねたり、私に便をよこしたりする病気の人たちの心境は、私の気持とはいくらか違うようだ。第一に、私は、気の持ち方について、他人を参考にしようとする気はあまり無い。そんなことは無駄、と思っているわけではないが、どうも気が向かないのだ。私が不精者であり、したがってずうずうしいからかも知れない。多分そうだろう。

古本回顧談

上

今から三十何年前、つまり大正の末年ごろ、私は古本集めに熱心だった一時期をもつ。早稲田の学院に入ったのが大正九年で、学部を出たのが昭和二年、その七年間に、買ったり売ったりした本の数は、学生としては多い方だったかも知れない。

古本道楽と言っても、古刊本や写本類蒐集《しゅうしゅう》というような高級なのではない、国文学ものや、明治以後の文芸ものに限られた、いわば学生向きの安直なそれである。

私は学校にはあまり出なかったが、古本屋へはほとんど毎日欠かさず顔を出した。当時も、神田神保町は古本屋街として東京第一で、次が本郷だった。上野黒門町辺には和本屋、錦絵屋が多かった。その他、芝とか水道橋とか白山上とかにちょっとした本屋が散在した。

早稲田大学の本拠たる戸塚町や鶴巻町にも相当数の本屋があった。

私は先ず神田へ行く。いま盛大にやっている××堂など、昔もやはり盛大だったが、本がそろっている代りに高いので、よくよくの場合でないと買わなかった。私はここで、「随筆索引」を買って、某博士の鼻をあかした経験がある。その代り、この店の若い（当時）番頭に、うまいことを言って秘蔵の「国学者伝記集成」を捲き上げられた覚えがある。

神田を一とまわりして水道橋へ行く。ここに一軒しっかりした店があった。ここも安い方ではなかったが、欲しいものがよく出ているので止むを得ず再々買った。大正九年に木版二十冊本の「金瓶梅」をここで手に入れた。時代の付いた桐箱入りの、美しい「修紫《にせむらさき》田舎《いなか》源氏《げんじ》」のそろいや「梅ごよみ」の原版を買ったのもここだ。

そうかと思うと、フックスの「エロティシェン・クンスト」もここである。小島烏水の「浮世絵と風景画」柳宗悦の「ウイリアム・ブレーク」その他いくらでも思い出せる。

それから壱岐坂（改正になる前の）を登ると、坂上の左側に、雑然とした店があって、ここも案外佳い掘出しものがあった。稀書複製会刊行第一期本のそろいを当時二十円位で手に入れたのはここだ。二十円では大いに安かった。俳諧全集もここだったろう。

それから本郷を一と巡りして白山上の窪川へ行く。ここには、文芸もののいいのがあった。殊に、詩、短歌、俳句等では、当時東京でも屈指の店だった。私はこの店を主な猟場として、詩や歌の本を集めた。

次は黒門町方面だが、ここへはいつも行くわけではない。それでも私は、上は春信、歌麿、胡龍斎、広重から、下は英泉、豊国、国貞に至るまで、お座に出せるものや出せぬものを、見本的に少しずつ持っていた。

この軟かい方面では、芝の村幸に大分厄介になった。村幸へは、芥川龍之介、北原白秋その他の人たちが来ているのを知っていた。

関東大震災の時は郷里（現住地神奈川県下曽我村）にいたが、家は全壊、おまけに、災後雨が降って、主として亡父からゆずられた国史、国文に関する本（国書刊行会本揃、国史大系、史籍集覧、正続群書類従、帝国文庫、和本の故実叢書その他）を大体水びたしにしてしまった。

自分で集めた本は、学校附近の下宿に置いてあったが、その運命が心配で、災後十日目に、東海道を二十里歩いて、お江戸へ出た。下宿は無事、本も無事だった。

震災で、いかに多くの本が焼けたかは、当時痛恨の種だったが、しかし一方、多くの蔵書家が、本を売ったため（相場が上ったのと、本どころではなくなったという気持からだろうが）珍らしい品物が出て来たのはうれしかった。私は大いに本屋を歩き回った。

中

　そんなふうにして集めた本が、学校卒業のころには、一冊も無い有様になっていた。新人として、芽が出かかりながら、妙に書けなくなり、酒ばかり飲んでいたのだ。今までの反動で、無理矢理本に冷淡になった。どんどん売り飛ばして、飲んでしまった。本を売って、それで二年ぐらい飲んでいたのだから、相当の量があったわけだ。本が無くなると、郷里の土地を売り飛ばした。

　もっとも、当時六人暮らしの一家が、大正九年から徒食していたのだから、それも当然である。

　それからの二十年、古本に対しては依然として冷淡だったが、去年ごろから、若い時分に親しんだ本に再び会いたいという気持がわいてきた。もっとも、大部の学術書ではなく、詩や短歌や小説の本である。

　私は昔、文学青年の常として、詩や短歌や俳句が好きで、自分でも真似ごとをやった時期がある。詩五六篇、短歌四十首、俳句五十句という貧弱な量であり、出来も人前には出せないものだが、自分にとってはなつかしい。その後小説に専心する気になって、それらから離れたが、しかし読むことだけは、今でも好きだ。

昔愛読したのは、歌では斎藤茂吉の「赤光」「あらたま」である。詩では、萩原朔太郎の「月に吠える」「青猫」日夏耿《こう》之《の》介《すけ》の「転身の頌」「黒衣聖母」北原白秋の「思い出」などだ。

茂吉のは、「赤光」「あらたま」共に初版本を愛蔵していた。「赤光」は、改版本も持っていた。「月に吠える」は、作者から岩野泡鳴に贈った本で、ところどころに泡鳴の寸評が鉛筆で入っていた。「愛憐」「恋を恋する人」の二章が切り取りを命ぜられているが、朔太郎はその部分にゲラ刷を貼り込んで泡鳴に贈っている。この本は、同級生で同人雑誌仲間の山村太郎が五円で捜して来たのを、私が彼を酒で殺して捲き上げたものだ。「若し君がこれを売る気になったら、元値で僕に戻してくれ、決してよそへ売るな」と固く山村に言われたのに、私はそれを忘れて、十円で戸塚の大観堂へ売ってしまった。

山村太郎は決してこのことを忘れていないだろう。

「転身の頌」は、二冊持っていた。この本の存在を知ったのは、同級生でやはり同人雑誌仲間の詩人、故村田春海によってである。私が朔太郎を持ち出したら、村田は耿之介を持ち出した。百部限定の初版「転身の頌」は、当時すでに入手困難であった。

村田は、大学ノートに、この詩集を、彼独特の、丸味を帯びた美しい字で、全巻写して持っていた。（この本の再版本で、日夏氏が「筆写している人もあると聞いたので

――」と書いているが、それは村田のことだ。）

ある時、故片上伸先生が、この本を持って居られるのを知り、強引に「下さい」と言ってみた。しかし先生は、「あれは日夏君がわざわざ古本屋で捜して贈ってくれたものだから、やるわけにはいかない」と言われた。

そのうち、先生はある事情で学校を辞め、ラトヴィアのリガへ発たれることになった。出発前「上げよう」と言って私に下さった。

それから間もなく、戸塚のある古本屋の主人に、何気なく「転身の頌」の話をし、若しあったら定価で買う、と言うと、主人が本当ですか、と力んで、やがてどこかから持って来た。美しい本だったので五十銭余分にやったら、大いに喜んでいた。定価は二円五十銭だったと思う。

それから間もなくその本屋へ行くと、主人が「あなたはヒドイ、あれは五円でよかった」と恨みごとを言った。

この「転身の頌」二冊共、私は売り飛ばして了った。売っていいはずの本ではなかったのだが、えいッという気持で売ってしまった。

下

小説本では、第一に志賀直哉先生の「留女《るめ》」である。これは、五六冊持っていた。そのうち一冊は、先生に贈呈した。先生のところに一冊も無くなったとのことで、「君は何冊か持っているそうだから――」と言われたので、一番美しいのに、謹呈志賀直哉先生、尾崎一雄と署名してお贈りした。もう二十何年前のことである。つい先日、吉岡達夫君の言うところでは、未だその本が先生のところにあるそうだ。ああいう署名がしてあっては、仮りに先生の方で、やろうと言われても、もらう方は二の足を踏むだろう。そこが私の狙いである。

明治以来の作家の第一小説集の目ぼしいものは大体そろえていた。こういうのは安かったので、量が多くても驚かなかった。

詩歌、小説、共にその後再版や復刊本、さては全集類が多く出ているので、読む分には不自由しないが、私のはそれではなく、昔文学青年時代に大きな感動を以って読んだ本そのものに接したいという気持なのだ。

田舎にいて古本屋との接触が絶えた上に、病人の身では、もう古本屋巡りもできないから、友人知人に頼むより他、古本入手の手だてはない。二三の人の協力で、いくらか集めることができた。

さきに述べた詩歌集では、東京の若い知人水落清君の力で「月に吠える」の極美本が入手できた。これは、群馬県の小見一郎という人の旧蔵本、大正六年二月二十三日入手としてあるから、発行日の八日あとである。扉に、「小見君のために 萩原朔太郎」としてある。扉の前に、福士幸次郎、白鳥省吾、萩原朔太郎、福田正夫四詩人の雑誌口絵写真が貼り込んである。

これは、私にも見た覚えがあって、確か当時の「文章倶楽部」かに出ていたものである。

それから特筆したいのは、「月に吠える」に対する当時の新聞雑誌評の切抜が四章見返しに貼りつけてあることだ。また、「風俗壊乱の詩とは何ぞ」と題する朔太郎の抗議文の新聞切抜も貼りつけてある。上下二回にわたる激しい調子のものだが、何新聞かは判らない。そして、この小見氏旧蔵本は、三好達治君の説では、小見氏が直接朔太郎の手からもらったものだろうとのことだ。

それは、いわゆる「風壊」の二章が削られていないによってである。ほぼ四十年、まことに保存のいい美本だ。

「赤光」初版も手に入った。改版本は四五年前入手したが、どうも初版でないと面白くないので捜していたら、早稲田の若い友人広沢雄一郎君が見つけてくれた。私は茂吉全集をそろえているが「赤光」を読む時はこの本にしている。

志賀先生の「留女」はだんだん溜って、今四冊ある。最近茨城県の友人飯野農夫也《のぶや》君が、非常に美しいのを捜してくれた。この本は大正二年一月一日発行だから、約四十五年前だ。もうこれ以上の美本は無いだろう。

志賀先生のでは、新潮社版新進作家叢書「大津順吉」、春陽堂版新興文芸叢書「或る朝」（発禁本）以下、「夜の光」「荒絹」「雨蛙」その他大体そろえた。「大津順吉」は、上林　暁《あかつき》君からもらった。そのうちもう一冊捜して、同君に返したいと思っている。

詩集では他に石川啄木の「一握の砂」初版がある。小説集では芥川龍之介の第一小説集「羅生門」があるが、惜しいことに再版だ。初版の方が紙がよく、表紙の布もしっかりしている。第一再版の著者あとがきの署名の、龍之介が龍之助になっているのは困る。芥川が生前最もきらった間違いを自著でやっているのは珍妙である。

なつかしい本は沢山ある。白秋「邪宗門」「白金の独楽」、荷風「珊瑚集」、利玄「銀」、空穂「土を眺めて」、赤彦「馬鈴薯の花」――その他昔のものを昔のままの本で再び見たいという気持は、私が年をとったせいなのだろう。

気の弱さ、強さ

Sが来て、この頃また仕事がうまくいかない、と愚痴をこぼす。

Sは、私の縁類に当る画かきで、そろそろ四十になろうという男だ。どうも画かきとしては、ぱっとしない。私も気を揉んでいるのだが、画は彼が描くので、私が気をもんでもどうにもならない。

Sは、気だての素直な男だ。素直でいいと思っていたのだけれど、この頃、彼の素直さが仕事のマイナスになっているのではないか、と考えるようになった。

Sは、友人や先輩に自分の仕事を批評されると、それをそのまま受入れる。批評は、ほめられるよりも、くさされる方が多いらしい。くさされると、Sは、なるほどと思い、その点を直そうとする。それまでの自分の方針を否定して、やり直したりする。

私は、そんなことをしていたら、キリが無いんじゃないのか、と考える。批評する人は一人ではない。いろんな人にいろんなことを云われ、それをいちいち、もっともだ、と思って、相手の批評、あるいは忠告通り、自分の仕事を直そうとしていたら、結局何も出来なくなってしまうではないか——とそういうことをSに云ってやった。

Sは、はアそうですか、なるほどそうですね、とうなずいている。

そういうふうに直ぐ私の云うことにうなずくというのが、そもそも私にとっては、はがゆくてならない。少しは抗弁も出そうなものだ、と思う。

Sが帰ってから、他人の批評で右往左往していたら何も出来ないことは、絵も文章も同じだな、と考えた。

それについて、ある友人のことを思い出した。

その友人は、井葉野篤三と云って、大阪の人、敗戦後、「新大阪」という新聞の学芸欄記者をしていたが、急病で死んでしまった。武田麟太郎が、その新聞に小説を連載していた頃で、武田が急死した直後だったか直前だったかに、井葉野も急死した。

井葉野篤三は、大正十年春、早稲田第二高等学院に入って、同十五年春、早大独文科を卒業している。大正十四年二月、早高入学以来の同級生、現在早稲田で独逸語の教授をしている逸見広、やはり同級生だった城谷敏夫、仏文科の近藤正夫（紺弓之進）、国文科の浅見淵《ふかし》その他と一緒に、同人雑誌「朝」をつくった。

一方、早稲田第一高等学院出身の私は、同じ第一学院出の、小宮山明敏、村田春海、岡沢秀虎（以上露文）、山崎剛平、山村太郎、染谷進、中林康敏（以上国文）らと一緒

に、「朝」より二ケ月遅れて「主潮」を出した。

「朝」と「主潮」の仲間は、共に早稲田の文科のくせに、出身の学院が第一と第二に別れていたため、交遊はなかったが、両誌とも、お互いをライヴァル視して、雑誌は注意して読み合っていた筈である。

井葉野は「朝」に、大変器用な短篇を書いた。「豆狸」「入歯」などは、今でも覚えている。当時は、大阪から「辻馬車」（藤沢桓夫、崎山兄弟ら）、京都から「真昼」（武田麟太郎、土井逸雄）、東京では、「葡萄園」（蔵原伸二郎、小田嶽夫、久野豊彦他）、「山繭」（永井龍男、小林秀雄、木村庄三郎他）、「朱門」（阿部知二、舟橋聖一他）、「鷲の巣」（井伏鱒二、富沢有為男他）、「青空」（梶井基次郎、外村繁、中谷孝雄、三好達治、北川冬彦他）、「新思潮」（手塚富雄、秋山六郎兵衛、丸山清——これは丸山薫の弟、他）、「驢馬」（中野重治、堀辰雄、窪川鶴次郎、森山啓他）、ちょっと遅れて「街」（丹羽文雄、田畑修一郎、火野葦平、寺崎浩他）、そのほか多くの同人雑誌が出ていた頃で、その多くの同人雑誌作家の中でも、井葉野の作品は、目立つ方だった。

生粋の大阪っ子である井葉野が、その特色を発揮して、大阪風の人情話を書いたわけで、関東人である私などには、ちょっと真似の出来ぬ膚ざわりを有《も》っていた。

私は、彼の作品のうまさには敬服しながらも、膚合いの違いから、「主潮」誌上で、悪口を云った。

その後、「朝」も「主潮」も無くなり、井葉野たちと私どもは「文藝城」という新雑誌で仲間になった。つづいて、二三の雑誌を共にやったが、井葉野は、だんだんと書かなくなった。

彼は大阪に帰って、文学から離れたくらしをしていたようだ。私共は、あまり逢う機会がなくて、何年か過ぎた。

戦争中、私が上野桜木町にいた頃、突然訪ねてきた。十七年か八年頃だったと思う。私が発病して、酒が飲めなくなったのが十九年、井葉野が来たときは上野広小路へ出て相当に飲んだから、私も元気だったわけで、先ず十七年頃か。

その時、井葉野が、

「お前は昔、俺の小説の悪口を云ったが、俺はあれにケンセイされて損をした」と云い出した。

「そんなことはあるまい」

「いや、ある。俺は、他人の云うことなんか気にせず、どんどん書くべきだった。俺がつづけて書いていれば、一流の大衆作家になっていたかも知れない」

それをきいて、なるほどと思った。窮屈に考えず、井葉野らしい才能を気楽に発揮したら、面白い大衆小説が書けたろう、というのは見当離れな考えではない。

「うん、そうか」と私はあいまいな返事をした。

文学青年として私共と同時代だった人は、井葉野篤三の述懐が、単なる挨拶ではないことをうなずくだろう。彼の、小じんまりしたうまさを覚えている人もあろうだろう。あの当時、川端康成氏は、「豆狸」を月評でほめていた。

私は、Sの素直さ、気の弱さが、却って彼の仕事にわざわいしていると考え、ふと井葉野のことを憶い出したわけだ。

作家は（画にしろ文章にしろ）、多かれ、少なかれ、自分が書きたいことを有っていて、それを自分のやり方で書き、あるいは描きたいのに決っている。他人の批評や忠言に耳を傾けるのはいいが、それにコヅキ廻されていては、元も子も無くなってしまう。やはり、強情さが必要だと思う。

そう思ってみれば、独自の作風をうち出した作家は、他人の云うことなど気にしない、あるいは鼻であしらう一面を有っていると思う。最近の人たちは、あまり批評を気にし過ぎるのではないか。

文学と家庭の幸福

この出題に対して、私はピントを合わせることが困難だ。第一に、文学というのが本当はどういうものなのかハッキリとは判っていないのだが、その方は、大体こんなものだろうとしておいて、さて次の「家庭の幸福」というのが判らない。「幸福」という奴が本来主観的なものだから、各人によって千差万別だろう。そこへ「家庭の」とつくと、一層とりとめが無くなる。

どんな状態が、その人間の「家庭の幸福」になるのか、それはその人次第というのほかは無いだろう。そこで、仕方がないから「家庭の幸福」という概念を持ち出し、それと文学とをくっつけて考えてみようとしたが、それではどうも無意味なような気がする。家庭は不幸であるより幸福であった方が好い。そんなことは判りきっている。それと「文学」——。どうもピンと来ない。

(「家庭の不幸と文学」——この方が何かひっかかりがありそうだ)と考えついた。なるほど考えてみると、多くの文学作品には、家庭の不幸が扱われている。亭主が不身持ちをしたり、細君が不貞を働いたり――世の多くの小説は、男女の三角関係かあるいはそのヴァリエーションで持ち切っている。その結果悲劇が起って、読者をたんのうさせるという仕組になっている。

思想やイデオロギイや時事問題を扱った小説もあるが、現在毎月毎日現われている小説を見ると、男女関係を扱ったものが圧倒的に多い。そして、それら男女関係の殆どは、三角関係的こんぐらがりをもっている。その三角関係の当事者の片方（時に両方）は、配偶者持ちである。そうでなければ事件が単純で、したがって読者の興味を惹く度がうすい。

こう見て来ると、どうも文学というやつは、「不幸」が無ければ成り立たないらしい。「家庭」をその上にくっつけて「家庭の不幸」としても、この式は通用しそうだ。家庭の幸福では駄目である。

男女関係に限らず、天変地異から火難盗難剣難、さては病気に至るまで、人間がいじめられ困らされる状態なしには、小説が出来上らないと言えそうだ。実生活に何一つ文句のつけどころが無かったら、小説なんか生れないだろう。自分を不幸と感じ、その状態に不満を覚え、これを訴えようとするか、あるいは批判しようとするか、その気持がなかったら、人間は小説なんか必要としないだろう。書く方もそうだろうし、読む方もそうなのではないか。いや、読む方は少し違うかも知れない。(読む方のことは、ここでは端折ることにする。)

「実生活に何一つ文句のつけどころが無かったら」と書いたが、実際はこんなことが在ろう筈はないのだから、小説はいつまでも書かれるだろう。第一、「実生活」というのが、本当はどんなことなのか、はっきりとは決められぬ筈だ。

仮に、こんな男があったとする。

――身体極めて強健、好男子で、金持で、頭が良くて、女性に好かれて、成人に達すると共にその国家の主権を握り、思う通りの政治をやってしかもそれが万人に喜ばれる。何事も自由平等博愛の精神で事を行うから、忽ち世界中の人気を集め、あらゆる国家が彼の下に馳せ参じ、つまり人類は彼の指導によって一つになる。貧富の差も無くなるので、小は裏店のおかみさんの口喧嘩から、大は核兵器戦争に至るまで一切の争いの種は根絶し、地球上は無風状態となる。つまり、極楽が地球に出現するのである。ここに於て彼は地球上の元首たる地位を抛ち、平等なる万人の一人となって、隣人と共に楽しく生を送る。そして、天寿到るや、欣然として無に帰する。――

が、実際にはこうはいかないだろう。いかないだろうが、仮にいったとしても、人間は決して満足しないということを、人間はよく知っている。不満は即ち欲求だから、これがあってこそ人間は動くのである。欲の深い人間ほどよく動く。

ところで、私も欲があるから生れてこのかた私なりに動いて来たが、私の欲というのは、今になって考えてみると、自分の柄にあまりピッタリしたものではなかったようだ。少年の頃までは、人間が本来的に有っている欲だけだったが、二十前後から、はっきりした一つの欲を意識した。文学をやりたい、という欲である。

文学をやるということは立派なことだと思ったので、父親を初め、多くの者がヒンシュクするのを尻目に、だんだんとそっちへ深入りはじめた。家族の希望は、私が官立の大学で法律をおさめ、やがて役人になることだった。私は長男だったので、父親初め家族の者の、私に寄せる期待や希望は大きくて、そういう人生コースに全く興味を抱くことの出来ぬ私にとっては非常な荷になった。私は柔順な子供だった。それまで、父親に反抗的態度を示したことは一度も無かった。その私が、どうしても言うことをきかぬので、父親はひどく心外だったらしい。父親は、極めて封建的な男だったがしかし紳士だったので、荒い口はきかなかった。で、私ども親子は、肚の中で、「だんまり」をつづけたわけだ。そのために、家中（両親と弟妹四人が居た）の者は大迷惑した。家中で一番エライ父親と、その次にエライ私（長男だから、別格扱い。母は私に二目も三目も置いていた）とがにらみ合っているのだから、家の者たちは、どうしようもなく、ただハラハラしていた。当時をかえり見ると、私も面白くなかったが、家族たちも憂鬱だったろうと思う。

その父親が二ヶ月ほど病んで死んだので、戦いは終った。私が満二十歳の時である。女学生の妹、中学生の弟、小学生の妹、未就学の弟と、いずれもヒヨコばかりが残された。

私は遅ればせながら、自分の希望した学校の、希望する科に入った。父の遺した動産不動産を調べてみると、兄妹五人が高等教育を受ける程度のものはあった。それに、母親には、扶助料が官給された。それは、どんなことになっても母親だけは生きて行けることを保証した額だったので安心だった。

東京に於ける学生生活は、極めて自由だった。父以外に頭の圧え手がなかったのだから、私はいくらでも羽根をのばすことが出来た。私も金銭のことには余り通じていなかったが、母は私よりもっと判らなかったので、すべて私に任された。何のことは無い、私は家から金を持ち出しては勝手に使っていたのである。金が無くなれば株券や債券を売り、それが無くなると土地を売った。そんなふうな七年間の徒食浪費ののち、私共一家は、スッテンテンになった。当然のなりゆきである。

その間、上の妹は死に、私と下の妹と下の弟とは高等教育を了《お》えた。上の弟は学校が嫌いで、中学だけで実業に入った。

食えなくなったとき三人が学校を出ていたのはまだしもであった。妹は女学校の教師になった。弟は三井系の倉庫会社に入った。母は田舎の家で、扶助料でひっそりくらしていた。私だけがどこにも就職せず、東京でグウタラ生活を送っていた。酒を飲み、喧嘩をし、原稿は書かなかった。

いろいろ不義理を重ねた。家屋敷を抵当に入れ、ついに差押え、競売処分を受け、家にいた母や妹を泣かした。母の扶助料証書を取り上げ、それで金を借りたりした。友人知人にも迷惑をかけた。そういうことの詳細は、「私小説家」である私のことだから、以前の作品に大分と書いてある。だからここには繰り返さない。

それでどうかと言えば、私は仕事もしていないのだ。タイミングも悪かったのである。私が学校を出たのが昭和二年春、その頃から貧乏生活に入ったのだが、丁度世は、プロレタリア文学の隆盛時であった。ロクでもない小説が威張って横行していた。私は憤慨して、「書いてやらない」とすねてしまった。腹が立つので酒を飲み、喧嘩をした。そのあげく、某女と親しくなり、母にも逢わせ、先方の親たちの承諾も得て妻ということにしたのだったが、三年目には別れてしまった。私が一つも仕事をしないので、見込みがないと某女は思ったのだろう。八方ふさがりだった私は、この女一人ぐらいは俺の味方になってくれるか、と期待したのに、それが外れたから、別れてしまった。今から考えれば、愛想をつかされるのが当り前だったと思う。

結局昭和二年から六年までの五年間、私は全く書かなかった。その間どうして生きていたか、今だに不思議でならない。郷里の母や弟妹とは義絶同様だった。

昭和六年初秋、今の家内と一緒になった。これも無鉄砲な話だったが、世間知らずの家内が、私の言うことを何でも信用したのが結果に於て幸いになった。「この俺を信用してくれる奴が一人はいる」という思いが、私を立直らせたのである。つまり、家内の無思慮無鉄砲が私を救ったのである。

以上長々と私生活の開陳をしたが、私が小説書きとして「家庭の幸福」をどう見ているかを述べるためには必要だったので、ごかんべん願う。

見られる通り、私は文学々々と言いながらロクに仕事もしないでいて、その癖、文学の名に於て身勝手ばかりやって来たのだ。父との喧嘩から始まって、以降十年足らずの間に、家を滅茶滅茶にしてしまった。母や弟妹をいじめ通した。彼らのつらい年月は、すべて私のせいなのだ。

昭和十四年に、弟は二人とも病死してしまった（その年、私の次男も死んだ）が、彼らは一生ロクな目は見なかったと言っていい。母は昭和二十二年、終戦後の諸事不自由な時、ポックリと死んだ。私が重病で生きるか死ぬかという時分だったから、母も晩年までいいことは無かったわけだ。

それもこれも、すべて私の身勝手からである。文学に限らず、どんな仕事でも人間が一心込めてやる姿は美しい。私もまた一心込めてやったつもりでいた。が、実はそうでもなかったのだ。私はグウタラであった。

自分のグウタラに気がつかず、「他の一切を犠牲にして」文学に励んだ、と思うのは私の錯覚か自己欺瞞である。私は単に自分勝手を働いて、それに「文学のため」という美名を貼りつけていたに過ぎない。

十年ほど前、私はある作品の中で、次のような意味のことを書いた。

「あなたのお友達、XさんもYさんもZさんも、奥さんが亡くなって、みんな佳い小説をお書きになったのね。あたしも死のうかしら」

「バカヤロウ」

つまり私は、書くために何かするということには不賛成なのだ。それは本末転倒だと思っている。その時分「私小説家演技説」がすでにあったかどうか知らないが、私はこの説には承服しがたい。

だが、「危機説」（？）には同意してもいい。尻に火がついてから慌てて駆け出す癖があって、だから、自分が病気で死にかかるとか、非常に親しい、あるいは愛情を抱いている人間（家族とは限らない）に何かショッキングなことが起るかすると、猛然と書く気が起る。しかし、そういうことが起ればいい、あるいは、進んで起そう、とは思わない。

単に頭を刺戟されただけでは不十分で、心臓をつっつかれないと発火しないというのが、私ども私小説家の弱点である。だから私小説家は、実生活的に平穏だと、書けなくなる筈と言われるが、その傾向は確かにある。

私の現在の実生活は平穏無事だ。第一に健康状態が立直って、いつ死ぬか判らぬという心配は殆ど無くなった。もう五十九になったのだから、あとは生き得である。家族も無事である。無事が何よりだ。批評家諸氏は、われわれがスベッたりころんだりするよう仕向けるが、その手は喰わない。そんなことをしてまで商売繁昌を願う気はない。

さてそれならば、書くことが無いかと言えば、そうでもない。人間が（自分をもふくめて）憐れでならないという気持がしきりとする。私は仏教徒ではないからその方のことは知らぬし、哲学も勉強していないからこの考えに深い思想的根拠があるわけでもない。がとにかく、何だか憐れで仕方がないのだ。そういう気持で見ると、何でもが物珍しく、捨てがたい感じがする。身のまわりにある物、身のまわりで起ること、どんなささいなことでも愛着のタネになる。愛着というとちょっと違う。捨てがたい、とか、去りがたい、とか言ったらいいのか。

約二十年前、青野季吉氏とある酒店で一緒に飲んでいたとき、

「君のは、『これも』という文学だよ。『これが』でなくちゃア」と言われたことがある。なるほど、と思って、今に忘れない。私のは依然として「これも」文学である。私には、自分の書くものを「これが文学だ」とは言えないし、また主張したこともない。第一、文学なのかどうかハッキリとは判らない。しかし、自分が感動したことを自分流に書く以外、どうしようもないのである。

文学々々と気負って、他人（家族をふくめて）の迷惑をかえりみなかったことは、いけなかったと思う。私なぞが一時にもせよそんな威張った恰好をしたのは滑稽であり、醜態であった。家庭は、私自身のそれをもふくめて、幸福であった方がいい。世界中の家庭が幸福だったら、現に起っている社会的諸問題は存在しなかった筈だ。

読者諸氏の家庭の幸福を祈る。

運ということ

四、五年前、直ぐ近くにある宗我神社の宮世話人に頼まれるまま、少しばかり御奉公したことがある。この宗我神社というのは、いつ頃からと正確には判らないが（調べれば判る筈だが、あまり興味がないのでそのままにしている）、私の家が代々神主として仕えた神社だから、一度ぐらいは頼まれごとを果して然るべきだという気持からだった。

神主は、祖父の代でやめた。祖父が、土地の小学校長を長くつとめた人にゆずり、現在では、その人の息子が引ついでいる。私方で何故神主をやめたかというと、父が東大（当時の東京帝大）を出たからである。確か明治三十年卒業だったと思うが、その時分の学士様は数が少なかったから、世間的に値うちがあった。下曽我なぞという田舎で、神社の神主をやっていたのでは引合わぬ、という考えから、代々の職を捨てたのだろう、と私は推量する。

宮世話人がお礼のしるしと云って、石を呉れた。その石というのは、かつて宗我神社の一の鳥居だった御影石の破片である。破片と云っても、それはなかなか大きい。一番大きいのは長さ二米、直径六十糎もある石の丸太棒だ。そういうのを竪《たて》に真二つに割ったのや四つ割にしたのや、平らなのや、角材に刻んだのや、太いままで少し短いのや、いろいろあって、その数は二十個余りに及ぶ。

こういうのを貰って、どうしようというつもりはないのだが、私は喜んで貰い受け、仕事師を頼んで家まで運ばせた。大きな道具を使ったりして、相当な騒ぎであった。

私方へ遊びに来て下さった方は、道路から入ったとっつきの右側に、大きな御影石の丸太棒が長々と寝そべっているのに気がつかれるだろう。また、左側には、雑木雑草に半分かくれて、四尺ぐらいの奴が立っているのを見るだろう。そのほか、広くもない前庭にそんなものがとぐろを捲いているのを発見されるだろう。

私方の前は坂道になっている。これを上りつめた正面が宗我神社で、そこに、二の鳥居が立っている。坂を下ると道が二つに分れ、一方は下曽我駅方面、他は曽我兄弟の遺跡の城前寺へと通ずるが、この分岐点に、一の鳥居が立っている。現在のこの一の鳥居は、私方へ破片となってやってきている石の鳥居の代りに、大正末年に建てられたものである。銅鈑張りだが芯は多分木だろう。

御影石の鳥居は、大正十二年八月、近郷六ヶ村に及ぶ氏子中の寄進により、田舎神社には勿体ないほどの偉容を誇って、その工を竣《お》えた。

ところが、それから何日も経たぬ翌九月一日、例の関東大震災に逢い、ひと溜りもなく崩壊した。太い柱も横木も空中分解して、バタバタと落ち、幾分地にめり込んだ。

丁度その時、同じ村の女児三人が、鳥居の下にさしかかっていた。私方より少し山寄りにある禅寺の、上が小学校二、三年という幼い三人姉妹であった。彼女らの父親なる僧侶は、住職をつとめながら、一方で、下曽我銀行（現在は無い）の役員をして居り、その日も、銀行につめていた。娘たちは、毎日の例で、父親のところへ、昼の弁当を届けにゆき、その帰途、鳥居下にさしかかった折、あの大地震にあったのである。

先ず娘たちは、道路上に転がされてしまった。起き上ることが出来ず、何か叫びながら、もがいていた。

そこへ空から、大石が降ってきた。大小十個位に折れた石がずしりずしりと落ちた。が、石共は、娘の誰にも、かすり傷一つ負わせなかった。転がっている娘たちを、見事によけて落下したのである。

同じ時刻、鳥居から坂にかかって左側とっつきにある大きな屋敷の、長い、高い石垣は全部崩れて道路を半分埋めた。何十坪という大きな家が、一瞬につぶれた。十何人家族のうち、屋内にいた七人が下敷となった。中の二人、老主人（元代議士）夫婦は圧死していた。

私方も勿論全壊し、慌てて家から飛び出した私と母とが、少し怪我をした。妹は、小田原の女学校に行っていて、倒壊に逢ったが無事だった。二人の弟は、それぞれ遊びに行っていた先で、転がされたが、傷は負わなかった。下曽我全村（四百戸位か）で、倒れなかった家は十軒位だった。

その鳥居の破片が、長く神社の境内に放置され、子供に小便をかけられたりしているのが気になっていた私は、今こうして私方に運び込まれたのを眺めて、一と安心という気持になっている。村の人たちも、鳥居の石だから、迂闊な使い方は許されず、始末に困っていたのである。私としては、先祖代々仕えた神社の、今は無用の長物となった遺物を引受けたことで、一種の満足感を覚えている。うちへ来たって無用の長物たることに変りはないが、それでいいのである。それらの破片を眺めているうち、過ぐる大震災の惨禍を憶いだすと共に、奇蹟的に無事だった幼い三人姉妹のことを憶いうかべずには居られなかったのである。

尚、この姉妹は、無事成人し、今はそれぞれ子供も持って、安穏に暮している。

運命というか何というか、めぐり合せという奴は判らぬものだ。これは、度々小説や随筆に書いたことだが、戦争末期の二十年三月十日、本所深川方面が米空軍の大空襲を受けた日、私の妻は、死にそこなったのである。その前日、用事で上京した妻は、上野桜木町時代親しかった一家が深川木場に移っているのを、そのついでに久し振りで訪ねる予定だった。――若し帰らなかったらＹさんとこへ泊ったものと思ってくれ、――そう云って妻は家を出た。

が、妻は、家のことが気になり、散々迷った末、いったん深川へ向けた足をかえして、戻ってきた。それで助かったのである。Ｙ一家四人は全滅した。ただ一人、学童疎開で奥伊豆へ行っていた次男だけがのこった。その次男は、多少苦労したらしいが、今では一本立ちとなり、先々月だったか、嫁を貰った。私共夫婦は仲人をつとめた。

運というものは判らぬ、と考えるたびによく憶い出すのが前述の二つの事例だが、それに似たことがもう一つある。

やはり震災前後（少しあとか）のことだったと思うが、早稲田の学生時代、山崎剛平、中林康敏という二人の学校友達が、日本中を旅行しないか、と云い出した。私は、それもいいな、と思ったが、その頃酒の味を覚えて面白いさかりだったので、銀座あたりを飲み廻っていた方がいい、と思い返し、同行を断わった。

山崎、中林の二人は、潮来出島を振り出しに、東北、北海道、樺太と足をのばした。樺太から北海道へ戻るに際して、中林が写真機を宿に忘れたため、予定の汽船に乗り遅れた。その船が小樽港外で沈み、助かったのは何人もなかった。当時の大事件（大礼丸だったか）で、新聞は大々的にこのことを報じた。

驚ろいたのは、両人の親たちだった。山崎は、播州赤穂の造り酒屋の一人息子、中林は北河内の大山持ちの旧家の長男だ。親たちが青くなっているところへ、電報が届いた。

「ブジ　カネオクレ」

やれ持ってけ、と親たちは、嬉しさの余り多額の電報為替を送った。二人は、あり余る金を手に入れると、改めて裏日本を西下し、町々の酒や女をゆっくり味わいつつ、三朝温泉まで来たときは少しゲンナリして、そこで袂を別ったという。船への乗り遅れと云い、電報と云い、まことにタイミングの好い連中であった。現在彼らは、それぞれ家郷にあって悠々と自適している。それにしてもその旅行に私が加わっていたら、運命はどう展開したか判らない。

老後の問題

老人の孤独な死が、ときどき新聞に報ぜられる。別居する子供が一ヶ月ぶりで見に行ったら、とっくに死んでいた、とか、隣家、あるいは隣室の人も、その死を何日間、または何週間も気づかなかったとかいう話を聞くと、七十を越した私なぞ、気が滅入ってしかたない。それが自殺だったりすると、そう決意するまでのその人の気持が思いやられて、なおさらである。

棄老ということは昔からあったようだが、現代ほど精神的あるいは心理的にやすやすとは行われなかっただろう。人々は、家族主義的心情を堅持していたから、それを行うのに深刻なためらいと苦悩を覚えたに違いないのである。

戦後の新憲法は、棄老をやり易くした。老いて働けなくなった親を扶養する義務はあっても、その責任は子供たちで分担される。また、子供は結婚すると、別に戸籍をもって独立家庭となる。それらによって、何人かの子供があった場合、負担の軽減になることは確かだが、負担の解除にはならない。子供各個にとって、荷が軽くなったわけだが、それが荷をおろした気持にまで走りかねないのだ。

純粋な精神的あるいは心理的孤独というものは老人に限ったことではなく、その原因も複雑だから、ここでは問題の外に置いて、経済的面に話を限ろう。

老後をいかに生きるかで悩んでいるのは、敗戦時に三十歳を過ぎていた人たちが主ではないかと思う。そのころ四十、五十だった人たちの情況はもっと決定的で、ある人々はあきらめているかも知れない。

例を私にとると、敗戦時私は四十六だった。子供が三人居て、彼らの育成に全力を傾けた。新憲法がどうだこうだなどとは一つも考えず、自分が高等教育を受けたから（親が受けさせてくれたから）子供にもそうしてやる義務があると思って、わが老後のことなど顧みなかった。無財産なので、かせぐよりほか無かった。子供三人の学校を済ませ、結婚をさせ、ノルマ完了となったのは五年前で、その時点では、一文の蓄えも残らなかった。しかし、急場しのぎにつくった借金も皆済ましていて、帳じりは見事に零――ボス・エンド・ミートであった。病気つづきの自分としては上出来だったと思う。

私ぐらいの年ごろで、私のように無資産の人は、大体こんなところではないか。すべて子供に入れ上げてしまい、老後のことまでは手が廻らぬ、という人が大多数だろう。親が自分を仕上げてくれたから、自分も子供を仕上げねばならぬ、その代り、自分が親をみたように、子供も自分をみてくれるだろう——こういう心づもりが、制度の改革でぐらついてきた。

こういう端境期にぶち当ったのが、五十、六十、七十という人たちで、内心、こんなはずではなかったと思っているかも知れない。そういう大多数の人の気持が、わが国指導層の人たちに判っているだろうか。理屈では承知していても、身にしみて判っているかどうかは疑問である。政界、官界、財界の上層部の人たち、つまり実際にわが国を動かしている人たちは、富と権威を持っているから、口では何か言っても、実際はイモノニエタモゴゾンジナイのではないか。それとも頬かむりしているのか。わが国の老齢者政策を見ていると、どうも怪しいと思われてならない。

新憲法下にスタートした若い親たちは、初めから心がまえが違うだろうから、現在の老いた親たちのような窮境には陥らぬだろう。

核兵器——素人の心配

『群像』第二巻第一号（昭和二十二年一月号）に、辰野隆《ゆたか》博士の「先駆セナンクウル」と題する評論が載った。同誌「編輯手帖」に、「辰野氏の評論は、フランス浪漫派の先駆者セナンクウルの孤高の姿を描いた三十二枚に及ぶ雄篇である」と書かれている通り、筆者辰野隆の熱気といったもののこもる力作であった。

私は丁寧に読んで、それまで全く知ることのなかったセナンクウルという作家の、代表作と言われる「オオベルマン」を読んでみようと思った。私にそういう気を起こさせたのは、セナンクウルの言葉として、辰野博士が次のような一節を引いていたからである。

「人間の生命は果敢ない。それならそれで宜しい。然し、我等をして反抗しつつ死なしめよ。而して絶滅が我等の定命であるなら、少くも我等をして、之を是認するが如き行為をなさざらしめよ」

当時私は、昭和十九年に発した重病で東京生活を切り上げ、郷里の家（現住所）に退いて療養中だった。敗戦をはさんでの闘病生活はつらかったが、病気に敗けてはならぬ、と思った。セナンクウルの言葉によって啓発されたとか励まされたとかいうのではない。私はすでに四十五歳になっていたから、そんなことは当然心得ている。問題はそれを実践するか否かにあるのだ。

気をゆるめてはならぬ、と改めて思った。と同時に、一七七〇年に生まれ、一八四六年に没したペシミスト、セナンクウルが、もし現代に生まれ合せたとしたら、と空想した。恐らく彼は、言うべき言葉を見つけ兼ねるだろう。

個としての人間の生命について考えれば済んでいたセナンクウルより、現代に生きるわれわれの方が荷は重い。ヒロシマ・ナガサキ以来重荷を背負って、その重味は増すばかりである。

昭和二十五年二月、石上玄一郎氏は、東京新聞に随想「世界の終末」を書いた。

「(略)かつて東洋において科学や、技術は一種の秘法として扱われ、肉親であろうが、弟子であろうが、容易にはそれを伝えなかった。伝える場合には怜悧な者よりは徳のある者に限ってこれを伝え、それに値する者のない場合は自分一代限りで敢えてそれを湮滅し去ったのだという。これは東洋における科学の発達を阻害する重大な原因の一つとなったが、これもまた一理あることである。邪悪な者がこれを知って悪用する事を惧れたからであろう。つまり『気違いに刃物』を持たせる事をはばかったからである。(下略)」

西欧人の生んだ主知主義の流れは遠慮会釈なく科学上の成果を求めて驀進した。科学者たちは、飽くなき究理心と学的功名心とに駆られて多くの発見をし発明をした。応用者たちは巧みにこれを利用して、人間の物質生活に至大の利便をもたらした。人間は文明開化を謳歌した。

だが、そこには陥穽があった。怜悧にして徳のない者たちに、輝かしい科学上の成果は奪われて、それは気違いの持つ刃物に似たものとなったのである。

西欧人の生んだ主知主義は、近代の初頭において知の在り方に大きな転換を起こした。人間生活から感性的なもの、情緒的なものの一切を除き去り、数学的に操作できるものだけによって世界を分析しかつ処理する。世界のこの数理的理念化はデカルトやガリレオによってなされたとされるが、この方法を強力に推し進めることにより、人間は神に代ってこの世の主となった。もともと人間生活に発し、そのために存在し、それを豊かにするためのものであるべき抽象的な科学体系は、今やその位置を変えてこの世の第一次的存在であるかのように振る舞い、肝腎の人間生活は第二次的従属者扱いを受けるという大逆転が起こった、という説は、私共素人をも深くうなずかせずにはおかない。核という化物を生んだフランケンシュタインが更に何を生み出すかに思い及ぶと、気が滅入るばかりである。

過ぐる昭和三十六年五月、当時やっていた随筆同人雑誌『風報』の仲間だった水野成夫（同人は尾崎士郎、水野成夫、尾崎一雄の三名）に、核のことをきいたことがある。水野は言下に「あれは抑止力になる。核戦争はないな」といった。そのころの水野は実業界で活躍し、一方、池田勇人のブレーンの一人と言われていた。水野の考えは財政界主脳部の考えと受け取ってもいいだろう、と私は思った。

あれから二十年経った現在、日本政財界の指導層の考え方はどうなのだろうか。私には、止むことない核兵器の蓄積は、今や満水のダムに近づきつつある、と思われてならない。抑止力という堰堤《えんてい》が決潰《けっかい》することはないのか。

四十億年五十億年ののちには、地球と共に人類を含めたあらゆる生物は死滅するだろう。それは、志賀直哉と共に「寂滅為楽」と観じてもいい。しかしながら、自らのさかしらによって己が首を締めようとする愚かさを「是認」してはならない。二百年前のセナンクウルと共に、われわれはどこまでもこれに「反抗」しなければならない。

『群像』に連載中の「あの日この日」という回想雑筆がとうとう四年目に入ったのには我ながら驚いている。こんな筈ではなかった。身体がつづくまいと思っていたのが第一の誤算。それから、面倒くさくなって、どんどん進んで早じまいになるかも知れぬと思っていた。

ところが、書き出すと枝から枝、余談から余談が生えて、その枝を切り捨てる努力が要るといったあんばいになった。

いつぞや丹羽文雄に何かの会で逢ったら、「古いことを好う覚えとるな、わしは、片っぱしから忘れよるわ」

そう言うから、

「それでいいのさ。だから君は小説がどんどん書けるんだ、君は小説家だよ」とこたえたことがある。

その時はちょっと気の利いた返答をした、と思ったが、あとで考えてみて、その場の思いつき以上ではなかったと気がついた。丹羽文雄だって忘れられぬことは忘れていない。古いことにこだわらず、気持が前進的だから小説が書けるんだなどと言ってみたところで、どうということはない。

　それぞれの人間が、それぞれ忘れ得ぬことを覚えている、それが重なることは稀だから、私は、自分の忘れ果てたことを丹羽が覚えていてびっくりすることがある。それは合いこであって、私の方がよく覚えているわけではない。

　古いことは覚えていて、新しくぶつかった事物のことは右から左へと流して了う——これが老耄の特徴だということは誰もが知るところで、この法則に自分を当てはめて見ると、この頃、ほんとだな、とつくづく思う。

　古いことも新しいことも片っぱしから忘れて了う人もあるにはあるが、こんなのは異例で、普通人は、さきの法則にしたがっているだろう。私なぞ正にその普通人で、この頃、たった今電話で聞いた人の名前が、見事に通り抜けるので、呆れることしばしばである。

　晩年の志賀直哉先生があるとき、

「康子のしゃべっているのを、むき合って聞いている。声は耳に入るんだが、すべて素通りで、何を言ったのか全然頭に残らないんだ。こういう特技は、齢をとらないと出来ないよ」と笑って言われたことがある。

　私はこの頃、同じ話を同じ人にすることがある。二、三年前迄は、話し出す前に、この人にはこれを話したことがあったな、と気がついたものだ。それでも話の進行上必要な場合は、「この前話したと思いますが」と断わってからしゃべる。

　ところが、この頃は、そんな用心をしないことにした。この人には？　と考える労力を倹約する気になった。相手によっては、「あ、この前うかがったあれですね」とはっきり言う人がある。しかしそういうのは稀で、大抵の人は、二度目（三度目のときもあるか知れない）の話を、神妙に聞いていてくれる。その様子で、ははア一度しゃべったらしいな、と感づくが、面倒なので、そのままつづけて了う。

　志賀先生が、

「これは話したかも知れないが——」と断わってから話されるようになったのは、多分七十五、六からではなかったろうか。八十歳になってからは、そんな顧慮なしに話された。

　それに較べると、私のは五、六年早い。私の頭の方が、その年数だけ弱い勘定になる。だからと言って、悲観（楽観も）はしない。なり行き任せという気分だ。

フランス美術展が上野であったときだから三、四年前にもなるか。そこで中野重治、立野信之と二人揃っているのに逢ったら、両方共白内障の気があって、いずれ何とかしなければならんのだ、と言った。視力はどんな工合なのかと訊くと、二間とか三間とか先だと、相手の顔の判別がつかぬということだった。

私より二つ三つ若い人の話だからちょっと驚いた。志賀先生も白内障だったが、「本を読むのはもう億劫だ」と言い出されたのは七十五過ぎである。二十六年前に満七十で死んだ私の母もそうだったが、二、三間先の人の顔が判らぬということはなかった。

老人性白内障とか言って、齢をとれば眼が悪くなるのは当り前とはいうものの、中野、立野両氏のは少し早いようだ。「僕は、昼間なら、新聞でも汽車の時刻表でも眼鏡無しで読めるよ」というと、二人が「そりゃ化物だ」と言った。

私のように長年眼を酷使しながら割合丈夫なのはどうした加減なのか自分でも判らない。酷使、というのは誇張ではない。自宅に本や古雑誌が沢山あったので、小学校時分から濫読癖がついた。薄暗い書庫で読み、夜はこっそり豆ランプで読んだ。今でも、電気スタンドを点け本を読む——というより活字に眼を晒していないと眠くならない。何を読んだか素通り状態のときが多く、余程のことでないと頭に残らない。読書ではなくて活字嗜好症とでも言うのだろう。

それなのに眼が頑健なのはどうしたことか。その代りなのかも知らぬが、歯は全然だめで、上下共五年ほど前総義歯になった。

今のところ気になるのは耳である。

十年ぐらい前から、聞きとりが悪くなったな、と思い始めたが、この頃でははっきりと、耳が遠くなったと言った方がいい。人によっては、片方の耳が全然駄目だというのがあるが、私のは左右公平に遠くなった。

先日、隣室で家人が何か言ったのが聞きとれず、「なに?」と聞き返したところ、「明治は遠くなりにけり」とぬかした。そういう態度なら、左したる用でもあるまいと思って相手にならなかったが――。

気にしているのは耳、と言ったが、進行状態はどうかな、と思うだけで、全聾にまでなるだろうという心配はしていない。そこへ行き着くまで生きられる筈はないからだ。耳が遠いと、声が大きくなる。相手にも同様にして貰いたい気持からかも知れぬが、人集りの中で私などがしゃべるのははた迷惑といったことになるだろう。

眼を悪くしたある作家が「自分は自然などというものは全く眼中になく、もっぱら人情の機微について書いてきたが、今となっては、なぜもっと自然を見ておかなかったかとくやまれてならない」と告白していた。われわれ普通人は何ごとにつけみなそうなので、胸中はよく察せられる。私は、酷使と齢の割にはくろめの色が褪せていない。この分なら死ぬ迄白内障の懼《おそ》れはなく、命ある限り自然に接することができそうだ。この頃、あんまり自然が痛めつけられるので、なおさらいとしくてならぬ。いとしらしく見える自然が、いったん憤ればどんなに怖ろしいかを人間はもっと考えねばなるまい。

わが家の男女同権

昭和六年は、私が早稲田の学校を出て五年目に当るが、この年、友人の家で知り合った娘と何ヶ月かの付き合いののち、私から申し出て、結婚することになった。それが現在の妻、松枝である。

その時の私の状況からすれば、結婚などとは無謀の挙であったかも知れない。世間的に見れば、つまり世間の目からは、そう見えても仕方のない状態に私はいた。そしてまた、そんな私の申し入れを受け入れた松枝は、いっそう無謀と見えたかも知れないのだ。

しかし、松枝の人柄に惹かれた私は、心に決するところあって結婚に踏み切ったのである。怪しむように、危ぶむように光る周囲の目を、私は無視した。松枝はそういう目には気づかず、一切私を疑おうとしなかった。

私は三十になったばかりだが、学校を出てからの苦しい何年間で、いくらか世のことを知っていた。松枝はその春、高等女学校を出たばかりで何も知らなかった。そういう松枝が、私を疑おうとしない以上、すべては私の責任となる。松枝は全く無意識ながら、いわば私にゲタを預けたわけで、私はそれをしっかりと受け止めなければならないのだ。

私は大正九年二十歳のとき父に死なれ、世事にうとい母と弟妹四人を率いて、それまでやって来たので、自然と家長気分を身につけていた。一方松枝も、偶然ながら同じ大正九年に、七歳で父親を失い、母の手で育てられた。その故であろう。松枝には父性への思慕が顕著であった。問いただしてみたわけではないが、私の申し入れを受け入れた松枝の気持ちには、この父性への思いが大きく作用していたのではなかろうか。

学生下宿の一室を新居として、ちょうどそのころ、志賀直哉先生のご厚意で与えられた井原西鶴「世間胸算用」「俗つれづれ」「万文反古」などの現代語訳という仕事に取り組み始めた。消したり直したりの私の汚ない原稿を松枝が清書した。「西鶴の文章を現代語に直すことを有意義とは思わぬので、本屋からの申し入れをいったん断ったが、君がそれをやり、僕との共著という形にすることで承諾した。やる気があったらやってみないか。印税は全部君にいくから、多少の足しになるだろう。しかし、ほんとうは金のことではなく、西鶴を精読することが、君の仕事をし出すバネとなることを願ってのことだ」という意味を先生は言われた。

怪しむ危ぶむ世間の目をよそに、私どもはその仕事に没頭した。

あれから今は四十五年目になる。その四十五年の中の前半は、いってみれば私は松枝にとって父親兼業の亭主だった。年を経るにつれて、父親業の影は薄れてきた。

　私は早稲田在学中から小説を書くことを生涯の仕事とするつもりだったので、昭和二年春学校を出てもどこにも就職せず、頑張ったのだが、当時の社会風潮、文芸界の動向は、私などの志す文学を受け入れようとしなかった。したがって、収入の道がなく、学校を出て二年後には、家産を破るに至った。全く書けぬ期間が五年も続いて、その最も苦しい時期に松枝と出会ったのだった。

　昭和四年末から五年夏にかけての約八ヶ月間、私は志賀先生の住まわれる奈良にいた。その間に、自分があらゆる意味で「無」だということをさとった。「無」に達すれば、もはや失う何物もない――こう考えることで私はさっぱりし、かえって勇気が出た。そこへ、私を信じて疑おうとしない松枝が現われたのだ。

　私はすでにいささか世俗を知る三十男である。そんな松枝をだます気になれば、いくらでも出来るだろう。しかし、この女をだましてはいけない、と思った。「神も照覧」とひそかに私は呟いたが、それは当時の私の決意にほかならなかった。

　松枝と一緒になるとともに始めた西鶴現代語訳の仕事は、翌七年春出版された。その秋長女が生まれた。私は五年間のトンネル時代を抜け出し、漸く自分の仕事を始めた。

「暢気眼鏡」「猫」「芳兵衛」などという奇妙な作品を次々と書いた。昭和十二年春、これらの系列のもの九篇をまとめて「暢気眼鏡」なる初めての短篇集を出すと、それが第五回芥川賞を受けた。

　ここに至る六年間の悪戦苦闘に、私はともかく、松枝がよく耐えたものと思う。耐えたことにまず感心するが、その耐え方の独特さが私にはまた面白くてならないのだ。それは全く、めくら蛇におじず、だった。質屋というものを知らなかった松枝は、私がその衣類や時計を持ち込んで金に換えると、お金もうけとはこんなに簡単なものか、と驚きかつ喜んだ。質入れと金もうけとの違いを私は力説せねばならなかった。

　松枝のめくら蛇は、私と一緒になるまでの生活が、亡父からのこされたものによって、特に裕福でもなく特に貧困でもないという平凡なものだったことによるかと思われる。めくら蛇は、実は私も同様で、父没後も学校を出るまでは生活の苦労を知らなかった。苦しくなってからも、苦しさが身にしみなかった。苦しむ自分の姿が仮のもの、としか見えなかった。この甘さを私は奈良にいる時さとったが、松枝はいつまでも気づかなかった。私は松枝のかけた暢気眼鏡がこわれる前に何とかせねば、とあせった。もうギリギリというとき、幸いにも芥川賞を受けたのである。

　松枝はしかし、そのくらいのことは当り前という顔つきだった。もっとも五百円の賞金には大変喜んだが。

戦争末期の昭和十九年秋、私は重篤な胃潰瘍で倒れ、安静一ヶ月ののち、かつがれるようにして郷里なる現住地へひっこんだ。松枝が、どこに秘めていたかと思われるほどの力を発揮し出したのはこの時であり、そのフル運転は終戦をはさんでほぼ十年間続いた。その時期の心痛と過労の結果が、十何年前あたりから現れて、松枝はかつての「不沈戦艦」の面影を失くそうとしている。

終戦前後の世情はこと新しく述べるまでもあるまい。松枝は、七十歳の老いた私の母、寝たきりの私、小学生二人、未就学一人の子供を抱え、一人役者で飛び回った。手術もかなわぬ胃潰瘍患者のための病人食を求めて、往復五里の山道を歩いた。裏の曽我山の尾根に構築される砲兵陣地のために、一日置き勤労奉仕に出た。自殺行為と知りながら、腹ばったまま一日に半枚、一枚と書く私の原稿を東京の雑誌社、新聞社に届けて、引きかえに稿料をもらって来た。上京と言えば一日がかりだった。

二十年三月九日、そういう用で上京したおり、深川木場の知人宅を訪ねようかどうしようかと迷った。訪ねれば泊まることになる。それではうちが心配、と帰宅した。それで、あの夜の大空襲による爆死から免れることができた。知人一家は全滅した。

郷里の家へひっこむとともに診てくれた医師は松枝に向って「急なことはありません。三年ぐらいもつでしょう」と言ったそうだ。それを松枝から伝えられた私は「よし、それなら五年生きてやる。生存五ヶ年計画を立てる」と宣言した。現在は、それの第七次に入っている。

病気見舞いに来てくれた何十人という人の、約半数がすでに他界したというのに、細々とながら私は生きている。田舎という環境の利があるのはもちろんだが、結局のところは松枝の力によって私はここまで生き延びることができたのである。

私の家には男権も女権もない。亭主も女房もともに平凡な人間に過ぎないので、一家の運営に当っては、時とことに応じて、それぞれの乏しい智恵、才覚を持ち寄るのである。すべて二人三脚であって、どっちが転んでも困るのだ。内ゲバのごときものはやっていられない。

三人の子供はとうに独立、総計五人の孫があって、うち三人はすでに高校生である。私の残る願いは、松枝に最後を見とってもらうことだけだ。そういう固い約束がしてある。

戦友上林暁

上林暁という名前は、昭和の初めから知っていたが、会ったのは、昭和十一年六月創刊された同人雑誌『文学生活』の仲間になってからである。（去る八月二十九日の朝日新聞に載った私の電話インタビュー記事に、『世紀』の雑誌仲間だった、とあるのは、私の言いそこないだった。急な電話で、うろたえたのだ。）

上林君は中央沿線、私は早稲田から上野桜木町と家が離れていたので、所謂ふだんづき合いはなかった。戦前は現在のように各種パーティーも多くなかったので、顔を合せるのは、雑誌の同人会くらいのものだったろう。その雑誌も一年ほどつづいただけである。

上林君は、戦中から戦後にかけての八年間ほど夫人の病気で苦労をし、二十一年夫人が亡くなると、「聖ヨハネ病院にて」を書いてわれわれを感動させた。これにつづく諸作も、私小説作家としての上林暁の名を重からしめる佳作で、数尠い戦友の尤なるものとたのむ私などは、自分のためにも彼の健筆振りを大いに喜んでいるうち、二十七年一月病魔は上林君自身を襲った。いったんは恢復したものの、十年後には再発して、全く不自由な身体になった。君の十八年にわたる病床生活と文字通り献身的な看護をつづけた令妹睦子さんの努力とは世に知られているが、その間に、数多くはないにせよ作品を発表しつづけた君の頭の強靭さは、人間わざとは思えぬものだ。これほどの不屈さを示した作家が、日本はおろか、世界中で、君を措き他に求め得るだろうか。

一方私の方も、十九年秋病気になり、郷里へ退込んで療養生活に入った。上林君は中野重治と連立って見舞に来てくれた。それについて、上林君が、『新日本文学』昭和五十四年十二月号に書いた「見残した無尽蔵」（「特集――中野重治・人とその全仕事」のうち）から一部を借用する。

「昭和二十四年正月に、ぼくは加納正吉（留女書店）、中野さんと一緒に尾崎一雄さんを見舞った。井伏鱒二さんも一緒に行く筈であったが、都合があって欠席した。その日は尾崎邸で御馳走になり、その夜は駅前の旅館に泊った。

そのあくる日、ぼくらは尾崎さんの案内で、太宰治の愛人太田静子を訪ねた。女の子が、よちよち歩いていた。それを中野さんは抱きあげた。太宰の子供を抱いているのが面白かった。近頃、小説を書いている太田治子である。」

一行は即日帰京のつもりで来たのだが、私が喜んでなかなか離さぬため一泊となったのである。家に近い曽我兄弟に縁《ゆかり》のある城前寺や、その筋向いにある太田家へ、ぶらぶら歩きで案内したのだ。太田さん方では茶菓の御馳走になり、暫く話込んだ。その帰り道、上林君がふと言い出したことが面白くて、いまだに記憶にある。

「中野さんが政治に引ずられてるのは惜しいなア。政治運動と絶縁して、文学一本槍になってくれたら、ぼくら、嬉しいんだけどなア」

「それは、しかし――」と口ごもりながら、私は中野重治の顔を見た。中野君は、さも困ったような表情で「ううん……」と返事にならぬ返事をした。可笑しかった。

もう一つ。

「ぼくはこれまで、原稿料でも印税でも大部分は酒代にしてしまって、家族の者に迷惑のかけつづけだった。これからは精神を入れ換えて、大いに貯金をしようと思う」と言ったのには驚いた。

「それは、どうかなア」と答えてまたもや中野君を見ると、今度は彼が愉快そうに笑い出した。つられて私も笑った。何が可笑しいんだ、という顔つきの上林君に、中野君と私が交々インフレーションについて話すと、上林君は、あの子供のような瞳をかがやかせて「ほう、そんなものかねエ、そうなのか、ふうん」と幾度もうなずくようにした。私などは、翌二十五年、稿料や印税の前借りをして部屋の建増しをする、といった程度の小狡さを持っていたが、上林君には全くその気がないようだった。

上林君は、二十六年の十二月末、浅見淵、外村繁、伊藤整の諸君と共に再び拙宅へ来てくれた。『早稲田文学』のための座談会「私小説について」を私方で催したのだ。明けて二十七年一月早々上林君は第一回目の脳溢血発作を起した。

生きる

私という人間——つまり生きものが、永遠に死なないと仮想するほど恐ろしいことはない。いつまでも、どこまでも、どんな状況下に陥っても、決して死なない、いや、死ねない、と考えると背すじが寒くなる。だが私にはすべての生きものと同様、始めがあったのだから終りがある。安心である。私という者がこの世に生まれるについては、過去無数の条件が参与している。だからといって、この世の前に私の生があったとはいえなかろう。同様に私の死後、私を組成していた物質がどこかに散在していたとしても、私が残っているとはいえまい。私は、この世に生きている間だけが私であると信じている。

巨大な空間と時間の面に、一瞬浮かんだアワの一粒に過ぎない私だが、私にとってはこの世こそがかけ換えのない時空である。いつの世でも、いろんなさまたげがあってそうはいかないけれど、すべて生きものは、生まれたからには精いっぱい充実した時をかさね、やがて定命がきて自然と朽ちるようにこの世を去りたいものだ。私もまたそうでありたい。しかし、そんな願いは無理のようだ。

私の子供は、私に似たところがある。私の子供だから当り前に違いない。だが、子供は私ではない。別の人間だ。私の血が流れているといっても、私がそこに生きているのではない。同様に、すでに死んだ私の父は、永久に無い。私の中にある父の血、父に関する記憶は私のものであって父そのものではない。

有無を越えた絶対を説く人の目からは、私なぞは小我にがんじがらめにされた迷蒙の徒と見えるだろう。私はそれでいいと思っている。私は、この世がいっぺんこっきりで、あとも先も空無と思っているから、この世にある限り、その時間を重く、厚く、濃く受容したいと考えるだけだ。

そういう考えでいるせいか、私は退屈ということを知らない。何でも面白い。かつて（三十年くらい前）ある小説で「つまらぬこともなで廻していると面白い」と書いたら、ある批評家からしかられたが、その時分から私にはそんな傾向があったのだろう。その傾向は年と共にいよいよ募って、今では、何物も何ごとも、鮮烈で珍妙ならぬはない。そこにそういうものが在るというだけで、私には興味満点だ。ただ、人間のさかしらだけには、なかなかなじめなかったが、今ではそれも面白いと思えてきた。

巨大な時間の中の、たった何十年というわずかなくぎりのうちに、偶然在ることを共にした生きもの、植物、石——何でもいいが、すべてそれらのものとの交わりは、それがいつ断たれるかわからぬだけに、切なるものがある。在ることを共にしたすべてのものと、できるだけ深く濃く交わること、それがせめて私の生きることだと思っている。

本来私は、生まれて死ぬのではなく、生かされてそして死なされるのだと思っている。私自身の意志にかかわりなく、断固として私を生かし、そして死なす力のあることはわかっても、それが何なのかはわからない。わかりたいと思うが、わかりそうでない。恐らくそれは、小さな人間の頭の中にはいり切らぬものなのだろう。わかっているようにいう人たちもあるが、私はそれを素直に受け取ることはできない。私が愚かな上に疑り深いせいなのかもしれないが。

知らぬ間に自分というものが在り、知らぬ間にそれが無くなってしまう。実に実に不思議なこともあればあるものだ。世の中には「それが何で不思議だ」という顔をした人も結構いるのに、私は年をとるにしたがって子供っぽくなるのか。

とにかく私は、この世に生きていることが楽しい。しかし、やがて時期が来るだろう。いよいよ来たなと自覚したとき、だれか側にいたら、何かいいたくなるかもしれない。どういうだろう。アーメンとはいうまい。ナムアミダともいわないだろう。「いやどうも……それじゃ」ぐらいのことでもいうか。それとも黙っているか。いや、そんなことはどうでもいい、今在るもののすべてと、できるだけ深く交わることだ。

初出一覧

Ⅰ

五　年　「早稲田文学」一九三六年一月号

祖　父　「群像」一九五六年七月号

退職の願い　「群像」一九六四年八月号

約　束　「小説新潮」一九六五年十一月号

狸の説　「小説新潮」一九六七年一月号

片づけごと　「新潮」一九六九年一月号

苔　「海」一九七二年六月号

閑な老人　「海」一九七二年九月号

歩きたい　「小説公園」一九五四年二月号

上高地行　「新潮」一九七八年一月号

Ⅱ

相変らず　「文藝」一九四一年二月号

厭世・楽天　「風報」一九五四年十月号

古本回顧談　「東京新聞」一九五四年七月二十九日～三十一日

気の弱さ、強さ　「文藝」一九五五年三月号

文学と家庭の幸福　「群像」一九五九年五月号

運ということ　「風報」一九六〇年九月号

老後の問題　「神奈川新聞」一九七一年十月十一日

核兵器——素人の心配　「読売新聞」（夕刊）一九八二年二月十三日

明治は遠く——　「文學界」一九七三年二月号

わが家の男女同権　「日本経済新聞」（夕刊）一九七五年七月七日～九日

戦友上林暁　「すばる」一九八〇年十一月号

生きる　「毎日新聞」（夕刊）一九六三年一月七日

解説

荻原魚雷

好きな作家を訊かれたら尾崎一雄と答える。

　人は生きていれば老人になる。三十歳前後からわたしは尾崎一雄の年のとり方、老い方を手本にしてきた。隣近所に愛想よく、家の中では穏やかに過ごす。生活がぐらぐらしているときはその立て直しに専念する。無理をせず、疲れたら休む。

　尾崎一雄は人間だけでなく動物植物無機物あらゆるものに興味を持ち、身辺を微細に観察する作家だった。

　私小説は病気と貧乏の話ばかり（そういう面もなきにしもあらずだが）と誤解している人は少なくない。私小説にもいろいろ流派がある。貧乏や病気の話にしても語り口で印象が変わる。何だってそうかもしれないが、読めば読むほどそのよさがわかってくる。

　『新編　閑な老人』は『閑な老人』（中央公論社、一九七二年。文庫は一九八一年）の収録作を大幅に変更している（「片づけごと」「苔」「閑な老人」の三篇は残した）。旧版は素晴らしい作品集である。枕元に置いてその題名を見ているだけで幸せな気分になる。しかし〝閑な老人〟は一日にしてならず。新編では、尾崎一雄が様々な困難を乗り越え、楽しげな老後を迎えるまでの軌跡がわかるようにしたいと考えた。

尾崎一雄は一八九九年十二月二十五日三重県度会郡宇治山田町（現在は伊勢市）生まれ。といっても三歳で神奈川県足柄下郡下曽我村（現在は小田原市）に移っている。

祖父の代まで宗我神社の神官の家で育ち、神宮皇学館の教師だった父との齟齬に悩んだ。中学時代、『中央公論』（一九一二年）に掲載された志賀直哉の「大津順吉」に感銘を受け、生涯にわたって崇拝した（志賀直哉原作の映画を観た後、スクリーンに直立不動で敬礼したエピソードも残っている）。

芥川賞を受賞した最初の短篇集『暢気眼鏡』（砂子屋書房）は一九三七年四月刊、当時三十七歳。本書の「五年」は『暢気眼鏡』刊行の一年前の作である。「地所も売り、家も捨て、ただ一つ残された傷だらけの男」が再起を期す——そのちょっと手前あたりの低迷期を回想した作品であり、尾崎一雄を語る上で重要な一篇である。

「退職の願い」にも文学の道を志したころの話を書いた箇所がある。尾崎一雄と同時代の文学志望者たちの多くは窮乏に陥り、道半ばで挫折したり、夭折したりした。

「私は、才能が無いくせに中途離脱せず（というより、他に行きどころが無くなって）頑張った組なので、あわや窮死という状態に立ち至った」

中年以降の尾崎一雄は休み休み仕事をするのが常で、冬のあいだは「冬眠居」と称し、家にこもり、気力と体力の温存につとめた。ようするに怠けていた。真っ正面から苦難に立ち向かうのではなく、力を抜いてかわしたり、いなしたりする。尾崎一雄の作品はそんな人生知の宝庫である。長い歳月をかけ、身辺雑事を突きつめ、自らを磨き上げてきた人物ならではの芯の強さがある。

わたしは三十路前、半失業中で何をやってもうまくいかない時期にたまたま尾崎一雄を知った。なぜ中途離脱せず、己の道を歩み続けることができたのか。どうすれば悠々自適の冬眠生活を送れるのか。それが知りたくて、家にあった本やらレコードやらを売って尾崎一雄の全集を買った。

私小説を大きく分別すると、自由奔放な破滅型と自己の完成を目指す調和型の作家がいる（わたしはどちらも好きだ）。

尾崎一雄は調和型の代表格の一人だが、はじめからそうではなかった。

父の死後、放蕩無頼の青春期を送り、関東大震災や最初の結婚の失敗、貧乏生活を経て、妻・松枝（小説では芳枝もしくは芳兵衛）と再婚し、三児の父親になる。

人間は天地自然の大いなる力に支配されている。だからジタバタしてもしょうがない。志賀直哉のような立派な作家にはなれなくても、自分には自分の文学がある。そうした諦観から尾崎一雄の文学は生まれた。

「厭世・楽天」にこんな一節がある。

「一寸先は闇、と人は云うが、この言葉に間違いはない。われわれは昨日があったから明日もある筈、という、何の証明も経ぬ仮構を信じて毎日を生きている。そして、ある日、突然明日を見失う。

私の日々の、時々刻々の生活も、またこの規から脱してはいない。私は、そのことをいつも意識しているから、退屈しない」

厭世の果ての楽天――ある種の開き直りが尾崎一雄作品の明るさを生み出している。

四十代半ばに大病を患った後、「生存五ヶ年計画」を立て、遠い先のことは考えず、五年ずつ生きることを目標とした。「生存五ヶ年計画」については所収の「退職の願い」「わが家の男女同権」にも記されているのでぜひ読んでみてください。

丹羽文雄は一九七八年に尾崎一雄の文化勲章受章を祝う会で「病弱な体をいたわり、同時に自分をきびしく律しながら、七十九歳の今日まで私小説に徹してきた」と賛辞をおくった。

尾崎一雄の場合、病弱だったからこそ、自分を律し、巧みに操縦していく必要があったともいえる。気の進まないことは一切やらず、庭仕事や梅干作りをしながら日々の生活の喜びや人生の肯定感を伝える小説を書き続けた。

私小説は「私」のことだけを書いた作品ではない。尾崎一雄は生命の誕生から現在の自分に至るまでの気宇壮大な思索の果てに「私」を書く。

「運ということ」には戦中の空襲で命を落としたY一家（山下一家）の話が出てくる。

この解説を書いている途中、田中敦子著『父のおじさん——作家・尾崎一雄と父の不思議な関係』（里文出版）という本が出た。田中さんの父は空襲のときに学童疎開していて難を逃れた山下家の次男である。尾崎家と山下家は上野桜木町の近所に暮らしていて、仲がよかった。その後、尾崎一雄は戦災孤児になった次男と再会し、彼を励ました。次男が結婚するさい、尾崎一雄、松枝夫妻が仲人をつとめ、その後も家族ぐるみの付き合いをしていた。

全集未収録作の「狸の説」は〈カフェ　昔日の客〉の店主・関口直人さんに教えてもらった。関口良雄著『昔日の客』（夏葉社）の刊行のすこし前に、ご子息の直人さんと古本好きが集まり、『昔日の客』の復刊について何度か打ち合わせ……という名の飲み会を開いたことがあった。

この作品に登場する東京大田区の「新井宿に住む古本屋の関本良三」のモデルは山王

書房の関口良雄、そして「大崎五郎」は尾崎士郎の仮名である。関本と大崎は尾崎一雄の小説に度々登場する。

「狸の説」の次に収録した「片づけごと」に切抜の整理のため「東京の知人の息子の大学生を、アルバイトに頼んだ」という一文がある。その大学生が関口直人さんだ（本人から教えてもらった）。

本書ですこし異色かなとおもう作品は「核兵器――素人の心配」である。初出は一九八二年二月十三日、読売新聞夕刊。『反核――私たちは読み訴える』（岩波ブックレット、一九八二年）にも収録されている。八十代の尾崎一雄は、自然や科学に関する書物を乱読していた。残り少ない生を自覚しつつ、人類の行く末を深く考えていた。そのおもいは本書の所収作でいえば、「苔」にも通じるかもしれない。

かれこれ十年ほど前、図書館で新聞の縮刷版を閲覧していたら、一九八三年二月十日の毎日新聞夕刊に「〝最後の文士〟尾崎一雄さん　最近の文壇に一言」という記事を見つけた。尾崎一雄は一九八三年三月三十一日に亡くなっている。

記事には「晩酌はウィスキー。ボトルを五日に一本」とあり、酒を飲んで寝て、夜中に起きて本を読み、執筆をする日々を〝天然自然流〟と自ら名づけていたそうだ。

何年か前、小田原文学館内の尾崎一雄邸書斎を見に行ったとき、机のそばにウィスキーのボトルが置いてあった。「歩きたい」では「かつて私は大酒飲みだった。今は飲まない」と書いているが、健康を取り戻してからは再び飲むようになった。

尾崎一雄の小説、随筆は一つのテーマを寝かせ温め熟成させ、過去と現在を自在に行き来し、言葉を吟味し、書かれたものだ。時間の幅、奥行きが広い。だから読み心地がいい。

わたしは「生きる」を読むたびにこの世に生まれてよかったとおもう。なお、この随筆に「かつて（三十年くらい前）ある小説で『つまらぬこともなで廻していると面白い』と書いたら、ある批評家からしかられたが、その時分から私にはそんな傾向があったのだろう」という箇所がある。この〝ある小説〟も本書に収録した。「生きる」を読んだ後、もういちど〝ある小説〟を読むといっそう味わい深い。

人はいつの日か世を去る。それまでの間、楽しく生きるに越したことはない。もちろん人生は楽なことばかりではない。気が滅入る日もあれば、体の調子がよくない日もある。そんなときどうするか。わたしは尾崎一雄の文章をくりかえし読むことにしている。そして〝天然自然流〟を身につけるための修行と称し、ウイスキーを飲んで寝る。

（おぎはら・ぎょらい　文筆家）

編集付記

一、底本は『尾崎一雄全集』(筑摩書房、一九八二〜八六年)とした。ただし全集未収録の「狸の説」については初出誌(『小説新潮』一九六七年一月号)を底本とした。

一、底本中、旧字を新字に、旧かな遣いを新かな遣いに改め、難読と思われる語には新たにふりがなを付した。

一、本文中に今日の人権意識に照らして不適切な語句や表現が見受けられるが、著者が故人であること、執筆当時の時代背景と作品の文化的価値を考慮し、底本のまま収録した。

本書は文庫オリジナル編集です。

中公文庫

新編《しんぺん》

閑《ひま》な老人《ろうじん》

2022年2月25日　初版発行
2023年3月25日　再版発行

著　者　尾《お》崎《ざき》一《かず》雄《お》

編　者　荻《おぎ》原《はら》魚《ぎょ》雷《らい》

発行者　安部順一

発行所　中央公論新社
〒100-8152　東京都千代田区大手町1-7-1
電話　販売 03-5299-1730　編集 03-5299-1890
URL https://www.chuko.co.jp/

DTP　嵐下英治
印　刷　三晃印刷
製　本　小泉製本

Published by CHUOKORON-SHINSHA, INC.
Printed in Japan　ISBN978-4-12-207177-3 C1195

中公文庫既刊より

各書目の下段の数字はISBNコードです。978－4－12が省略してあります。

う-37-1
怠惰の美徳　梅崎春生／荻原魚雷 編
戦後派を代表する作家が、怠け者のまま如何に生きてきたかを綴った随筆と短篇小説を収録。真面目で変でおもしろい、ユーモア溢れる文庫オリジナル作品集。
206540-6

う-37-2
ボロ家の春秋　梅崎春生
直木賞受賞の表題作と「黒い花」をはじめ候補作全四篇に、小説をめぐる随筆を併録した文庫オリジナル作品集。〈巻末エッセイ〉野呂邦暢〈解説〉荻原魚雷
207075-2

や-1-3
とちりの虫　安岡章太郎
ユーモラスな自伝的回想、作家仲間とのやりとり、鋭く笑える社会観察など、著者の魅力を凝縮した随筆集。阿川弘之と遠藤周作のエッセイも収録。〈解説〉中島京子
206619-9

ふ-22-4
編集者冥利の生活　古山高麗雄
安岡章太郎「悪い仲間」のモデル、『季刊藝術』の同人として知られた芥川賞作家の自伝的エッセイ&交友録。表題作ほか初収録作品多数。〈解説〉荻原魚雷
206630-4

ふ-2-8
言わなければよかったのに日記　深沢七郎
小説「楢山節考」でデビューした著者が、武田泰淳、正宗白鳥ら畏敬する作家との交流を綴る文壇日記。巻末に武田百合子との対談を付す。〈解説〉尾辻克彦
206443-0

ふ-2-9
書かなければよかったのに日記　深沢七郎
ロングセラー『言わなければよかったのに日記』の姉妹編（『流浪の手記』改題）。飄々とした独特の味わいとユーモアがにじむエッセイ集。〈解説〉戌井昭人
206674-8

し-55-1
日曜日／蜻蛉《とんぼ》　生きものと子どもの小品集　志賀直哉
志賀直哉は生きものや子どもを好んで書き、普遍的な名品を多く生んだ。これらの作品を集めた短篇集『日曜日』『蜻蛉』を合本とし二十四篇を収録。〈解説〉阿部公彦
207154-4